石榴居

石榴居是坐落在杜尔桥以下一哩左右罗瓦尔河右岸的一所小住宅。在这地段里，这一条跟湖面一样宽的河水散布着许多碧绿的岛屿，河边点缀着一块岩石，岩石上面坐落着好几所乡间的房屋，都是用白石盖成的。房屋的周围都是葡萄圈地和出产在太阳曝晒下而成熟了的世界上最美的果子的园圃。岩石的凹地由好几代的忍耐填泥而成为土台，反射着太阳的光芒，让人家能够在人造温度的帮助下在地上种满最热的气候所产生的植物。在一块切断这山岭的比较最不凹凸的地点上，高高的露出圣锡尔的尖锐的角楼。圣锡尔就是这一切散乱的房屋所属的小村落。然后，更远一些，楚瓦西尔河就经过一块切断这悠长丘陵的肥沃溪谷而投入罗瓦尔河。坐落在距离礼拜堂一百步左右的岩石腰上的石榴居是我们可以在杜尔兰的每一块幽美地段里碰到的这些两三百年老房子之中的一所。岩石的一块裂口使人顺利的筑成一段土坡，略为倾斜的通到高墙，这是这地方的人给在山腰脚下筑成的一条让罗瓦尔河保持在河床里的防堤所起的名字。从巴黎到南特去的大路就是在这防堤上面通过的。土坡上端是一扇门，从这里开始就有一条小石路，修建在两块仿佛饰有葡萄栅和果树墙，用以防止土地坍场的工事的土台中间。这条筑在上面那一块土台脚下，几乎被冒在上头的树木给隐蔽住的小径就非常倾斜的通到房屋，让人家看得见每走一步都要随着扩大水面的河流。这一条凹路的末端又有一扇门，这一扇门是峨特式的，弓形的，有一些简朴的装饰，但却是破损的，盖满了野丁香，长春藤，苔草和苎麻。这些不可毁灭的植物装饰了一切土台的墙，从墙层的裂缝里长了出来，每一个新的季节都给表露出几条新的花绳。

穿过了这一扇被虫蛀腐的门，一块小园圃就给眼睛贡献它那点缀着几棵绿树，许多玫瑰花和别的花草的草坪。这园圃是由一块拿古老的黑栏杆去制驭其他一切土台的最后的土台在岩石上所争取到的一块地。然后，在土台另一端的正墙门的对面就有一座靠紧旁邻墙上的木楼，木楼的柱子都让茉莉，金银藤，葡萄和牡丹蔓给遮住了。在这最后一块园圃的中央，在弯曲的石阶上，耸立着房子。石阶上面盖满了葡萄藤，而且有岩石里挖成的一间大地窟的一扇门。房子的周围都是葡萄栅和遍地种植的石榴树；这一块圈地所以叫做石榴居就是这个缘故。正面楼是由两扇让一面非常粗糙的临时门给隔开的大窗户和比起矮矮的地面楼来显得过分高的屋顶上面的三间房顶楼凑成的。这一个有两只屋彭的屋顶盖满了青石砖。房屋的主要部分的墙漆成了黄色的；房门，下面的窗扉，房顶楼的百叶窗都是绿色的。

进去的时候，您就找到一块梯头，接着就是一条弯曲的楼梯，这楼梯的系统每一转弯都不相同。楼梯的木头几乎都腐烂了，它的螺旋形栏杆因为长期的使用而变成棕黑色的。右旁是一间饭厅，装有古代的壁板，铺有勒额尔古堡制造的白石片。然后，左旁就是一间同样大小的客厅，没有装壁板，而铺着一张旁边绿色的金黄色的纸。这两个房间都没有铺地板；屋椽是胡桃木的，间隔填着一块泥土筑成的白土墙。第二层楼有两间大卧室，墙壁涮过白灰水；那里的石砌壁炉没有地面楼的壁炉那样的雕刻丰富。一切的窗口都朝着南边开。北边有一扇唯一的门，朝着葡萄园，修建在楼梯后面。房子的左边背靠着一个立柱式的建筑物，它的木料的外面有一些用来防止雨打日曝的青石砖，给墙上画下许多横直的长蓝线。设置在这种茅屋里的厨房内面通到房子，但是它还有一个由几个层级砌成的特殊的进口，在这些层级脚下就有一口深的水井，上面盖着一只由杜松，水藻和高草给包住的乡间大抽水机。这近期的建筑物证明石榴居从前是一个简单的葡萄庄。这房子是由罗瓦尔的广阔河床而与城里隔开的。房东只从城里到这里来收获或消遣。他们早上给这里送供应物品来，除了收获葡萄的时候，很少在这里过夜。但是英吉利人却跟一群蝗虫似的落在杜尔兰，似乎应当给石榴居加建厨房来租给他们。幸而，这现代的附属建筑物隐藏在一条种在葡萄园脚下的一边洼地里的树径的第一丛菩提树下面。约有两亩地的葡萄园坐落在房子上面，而拿一个难于攀登的斜坡对房子加以全部的控制。在房子和这块由垂挂的葡萄蔓而变绿的山岭之间好容易才有一块总是潮湿冰冷的地方，一种充满生气勃勃的植物，而于下雨的时候落下许多使带栏杆的土台所支持的园圃土壤肥沃的葡萄草料的沟渠。负责栽种葡萄的守园人的房屋就背着左边的屋彭，顶上盖着茅草，仿佛和厨房凑成一对似的。这产业有许多墙和果树墙围绕着；葡萄园里种着各色各样的果树；总之，这一块宝贵土地的任何一寸土都被耕种。如果人家忘记了石头上的一块不毛之地，大自然就给那里投下一棵无花果，或一些乡村的花朵，或被石块遮住的几棵杨梅树。

您不会在世界的任何地方遇到一间既是这样简陋又是这样伟大，这样富有果实，香气和美景的住宅。它是杜尔兰心脏里的一个呈露这地区的一切花朵，一切果实和一切美丽的小杜尔兰。这是每一个地方的葡萄，无花果，桃子，各色各样的梨子，满园子的西瓜和甘草，西班牙的蝴蝶花，意大利的夹竹桃，阿梭尔的茉莉。罗瓦尔河就在您脚下。您从一块离开它的轻盈水面有三十杜瓦斯高的土台上俯视它；晚上，您呼吸着从海上吹来而在路上被花朵的长堤给沾染香味的新鲜的微风。一块云霞在深蓝的天空下随着每一步改变颜色和形状，在您所站立的地点上，给眼睛所看到的美奂山色的每一个细节贡献万千的新景象。从那里，眼睛先包览安布瓦斯以下的罗瓦尔河的左岸；杜尔站立其间的丰沃的平原，它的乡镇，它的工厂，布勒西，然后，从芜夫利一直到圣桑敷利恩为止的右岸的一部分就拿充满悦人的葡萄园的岩石画成了一个半圆圈。视线只被浅蓝色的地平线上带有许多公园和古堡的哲尔的富丽丘陵所限制。最后，在西方，灵魂就失落在宽阔的河水里，总是在这盆地里统制着的风息吹胀随时在这水上航行的船只的白帆。一位王子可以把石榴居当做他的别墅，但是一位诗人却一定会拿它当做他的住宅；两个情人要把它看做最温和的避难所，它是杜尔一位资产阶级的住所；它给一切的幻想，最简陋和最冷寞，最高尚和最热情的幻想供应诗章。任何人也不会在那里而不感到一种幸福的气氛，而不领悟一种没有野心，没有忧虑的清闲生活。梦幻就落在空中和波涛的呻吟里。沙粒说了话，它们是悲痛的或是快乐的，是绚灿的或是暗淡无光的。在这葡萄园的占有者身边一切都是运动，只有他一动也不动的待在他那活泼的花木和开胃的果实中央。一个英吉利人出了一千佛郎来租用六个月这所简朴的房子；但是他订约要尊重收获：如果他要果子，他就得两倍付租；如果他羡慕葡萄，他就还得加上一倍租金。带有土坡，凹路，悲惨的土台，两亩葡萄园，盛开玫瑰花的栏杆，老石阶，抽水机，牡丹蔓和四海的树木的石榴居到底值多少钱呢？您可不要出价！石榴居永远不出售。一六九〇年以四万佛郎仿佛被沙漠中的阿剌伯人所放弃的爱马似的非常遗憾的出让而被人购买去了之后，石榴居总是同一家庭的产业，它是这家庭的光荣，传家宝，摄政王。一个诗人曾经说过，瞧瞧不就是占有了吗？您可以从那里看到杜尔兰的三个溪谷和它那仿佛金银线细工似的悬在天空的大教堂。人家能够用金钱去购买这种宝库吗？您能够用金钱去付还您在那里的菩提树下恢复健康的代价吗？

复辟时代的一个最美丽的年月的春天，一位贵妇，在一个女仆和两个孩子的陪伴之下，到杜尔来寻找一所住宅。两个孩子之中，小的约莫八岁，另外一个大约十三岁。她看到石榴居，就租了它。也许是分隔石榴居和城市的距离使她决定要住在那里。她把客厅当做卧室用，让每一个孩子住上第二层楼的每一个房间，女仆就睡在厨房上面的小房间里。饭厅变成了小家庭的共同客厅和接待室。房子陈设得非常的简朴，但却有趣味；那里没有任何无用的东西，也没有任何奢华的东西。陌生女人所选择的家具是胡桃木制成的，没有任何的装饰。洁净和住宅内外的有力的调和使它有一切的美奂。

所以，我们相当不容易知道维莲桑夫人（陌生女人的名字）到底是富裕的资产阶级，是高等贵族，还是令人可疑的某种女性。她的简朴是矛盾假设的材料，但是她的举止却能够证明她有利的猜想。所以，到达圣锡尔之后不久，她的谨慎行为就引起了惯于在外省观察可以激动狭小社会的一切事物的闲人的兴趣。维莲桑夫人是一个身材相当高的女人，又薄又瘦，然而却长得细致。她有娇嫩的脚，这一只脚的结实的雅致要比狭窄（庸俗的美妙）更能令人注目；她的手仿佛戴在手套里是美丽的。一些深红和活动的颜色在她的白肤色上发出疹斑，这皮肤从前是新鲜而有颜色的。早熟的皱纹使一副上面覆有梳装合宜，总是结成两条环形发辫的美丽的栗色发（适合于悲哀姿仪的处女的装束）的幽雅形状的额头。暗淡无光的黑眼睛是凹陷的，充满着热火，表露出一种虚假的镇静；不时不时的，如果她忘记了她强制自己去保持的表情，那里就显出秘密的忧愁。卵形的脸孔略为长一些；但是，从前，幸福和健康也许竟使它有合适的比例。一道假笑印有温和的悲痛痕迹，习惯成自然的在白色的嘴唇上游荡。不过，两位随时陪伴她的孩子瞧着她或是问她在母亲看来都有意义的一些无穷的空洞问题的时候，她的嘴就激动了，她的微笑也就表露出母爱的甘美。她的步伐是缓慢而高贵的。她总是这样坚忍的穿着同样的衣裳，这种坚忍可以宣示她有严肃的决心不再注意她的服装，忘记人世，她无疑的也愿望被人世所忘记。她穿一件非常长的黑袍子，由一条花纹带给羁紧，上面代替毛围巾的就有一条加缝长布边的细麻布颈巾，布边的两端疏忽的扎在腰带里。她用表露雅致习惯的谨慎态度穿上黑色丝袜，凑全了充塞这习俗丧服的哀痛色调。最后，她那英国式的不换样的帽子是灰色布制成的，饰有一块黑纱。她看来是十分脆弱的，非常苦痛的。她的唯一行动就是自石榴居到杜尔桥去的散步，于清静的黄昏和两个孩子一同到那里来呼吸罗瓦尔河的新鲜空气，欣赏夕阳在这那不勒斯湾或日内瓦湖一样宽阔的野景里给产生的效果。居住在石榴居的时期，她只到杜尔去两次：第一次去请求中学校长给她介绍最优秀的拉丁，数学和画图的教师；第二次去和人家指派给她的人商定教课的报酬，或他们能够给孩子让出的教课时间。但是每星期一晚到桥上来就够得让她引起城里惯于到那里去散步的几乎一切的人的兴趣。不过，无论怎么样的有外省的游手好闲和社会人士的忧虑的好奇所产生的纯洁的探侦，谁也不能够得到正确的消息，说明这个陌生女人属于社会的哪一层级，或是说明她的财产，甚至于她的真正身份。只有石榴居的业主从几个朋友嘴里打听出陌生女人拿来签订租约的姓名，无疑的是她的真姓名。她叫做维莲桑·阿古斯达·布郎顿伯爵夫人。这家姓应当就是她的丈夫的家姓。后面，这篇小说所述的最后故事可以证明这揭露的真实性；但是她却只在跟房东有来往的商界里让人知道。所以，维莲桑夫人在上流社会的人士看来总永远是一个神秘，她让他们猜想的一切只是她的出色的天性，自然简朴的甘美举止和天使一般的温柔声音。她的深长的孤寂，她的悲哀，她的美丽（这样暗淡了的，甚至于半枯萎了的美丽）有许多的美奂，甚至于都叫许多年轻人溺爱了她；但是他们的爱情越诚实，他们就越胆小，何况她是威严的，不容易敢于跟她说话呢。总之，要是有人敢于跟她写信，他们的信没有等到拆开就让她给烧了。维莲桑夫人把她所收到的一切都给撂在火里，仿佛她要在居留杜尔兰的时期内没有任何顾虑的过日子似的。她好像是来隐居，来让她整个的投身于生活的幸福里似的。得到允许到石榴居来的三位教师用一种敬仰的情调说到两个孩子和这个女人的亲切无猜的结合所呈现的动人的图像。

两个孩子也同样的引起许多兴趣，母亲们不能够看到他们而不羡慕。两个人都像维莲桑夫人，维莲桑事实上就是他们的母亲。两个人都有这种透明的肤色，这种活泼的色泽，这种洁净而潮湿的眼睛，这种长睫毛，这种表发儿童美奂的新鲜体态。长子名叫路易·卡斯顿，他有黑色头发和充满胆量的目光。这一切都给他表明一种顽强的健康，他那可喜的图形的高大额头也同样的好像给他揭露一种坚毅的性格。他是敏捷的，灵活伶俐的动作，没有任何矫饰的神气，不惊异任何的东西，仿佛对他所看到的一切都加以思考似的。另外一个叫作马利·卡斯顿，几乎是金栗发的，虽然在他的头发里有几撮已经变成了灰色的，和他母亲的头发有同样的颜色。马利的体态是脆弱的，他的脸纹是精致的，他有母亲身上所有的迷人的优雅成分。他仿佛生了病；灰色的眼睛投射一种温和的目光，他的颜色是苍白的。他身上有女人的成分。他的母亲还给他保留绣花的领圈，鬈曲的长发环和饰有绣花边和橄榄形花饰的小上衣。这种上衣可以给一位年轻男孩子赋予不可形容的风采，而表现母亲也许连孩子也都喜欢的女性装饰品的趣味。这精巧的服装和长子所穿的覆着衫衣反领的简朴上衣正好成为封照。裤子，半节靴，衣服的颜色都是相似的，说明两位兄弟也是相似的。看到他们的时候，而不会被路易对马利的照应所感动，是不可能的。长男对次男的眼色有一种父道的成分；而马利虽然有年轻人的无忧无虑的心情，却对路易仿佛有深沉的感恩：这是好容易被树茎给分开，被同样的和风所吹动，被同样的日光所照耀，一朵带有颜色，一朵一半枯黄的一对花儿。母亲的一句话，一个眼色，一道声音的抑扬就够得叫他们注意，使他们转过头来，听着，了解她的命令，一篇祷文，一声劝告，而服从她。维莲桑夫人总叫他们了解她的欲望，她的意向，好像在他们之间存在有共同的思想似的。散步途中，正当他们忙着在她前面嬉戏，采集一朵花，研究一只昆虫的时候，她就拿着这样深沉的一种温情欣赏着他们，都叫一个最无关系的过客受到感动，停步来观看他们，对他们微笑，而用一道含有友情的目光来向母亲致敬。谁不会崇拜他们的服装的格外洁净，他们的婉转的声调，他们的动作的雅致，他们的快乐的姿仪，他们那让人看出生来就受有一种严紧教育的本能的贵质呢？这两位孩子仿佛从来也没有啼哭过。他们的母亲就像有电感似的预先看到他们的欲望，他们的苦痛，而来给他们满足，不断的平静他们的苦痛。她仿佛要比害怕自己的永世罪刑更为恐惧他们的一个伤痛。这两个孩子的一切都是母亲的一首颂歌；这三位一体的生活，仿佛是同一条生命的生活图像，使人产生空泛的迷人的思想，我们梦想要到更美的世界里去尝味的幸福的形象。这三个这样调和的人物的内部生活正符合于人们看到他们的时候所生的思想：这是有秩序的规则化的简朴的生活，是和儿童所受的教育相契合的。两个孩子都在旭日东升之后一个钟头起床，先念简短的祷文，这是童年的习惯，真正的话语，七年之中在母亲床上，在两个接吻之间开始和结束的祈祷。然后，两位惯于这种细心照应自己（这些照应对于身体的健康，灵魂的洁净是必要的，而且使他们产生一种惬意的感觉）的孩子就拿美女一般的谨慎来梳妆。他们什么也没有忽略，因为他们彼此都害怕他们的母亲，依照情形，在吃饭的时候抱着他们，而责骂他们说："亲爱的天使，你们到哪里去，就已经把你们的指甲弄黑了？"尽管这责骂是如何的温和。于是，两个人就下楼到园圃里来，摇动长夜在露水和鲜气里所留下的痕迹，等着女仆整理好共同客厅，再回到客厅里来，一直研究功课到母亲起床的时候为止。但是，不时不时的，他们却来侦伺母亲是否醒来，虽然他们只应当在约定的时刻走进她的卧室。这种总是违反原始约章的清晨的扰搅对于他们和维莲桑夫人都是一幕甜蜜的景象。马利跳上卧床，拿手臂去围抱他的偶像，路易就跪在床头，拉住母亲的手。于是，就有忧虑的问话，仿佛情人对情妇所加的问话似的，然后就是天使一般的笑声，既多情又纯洁的摸抚，含蓄的沉默，不可了解的言词，由接吻给打断而又接起的儿童故事的讲述，很少讲完而总是让孩子们细听的故事……

"你们好好的做过功课吗？"母亲问道。不过，她的声音是温和的而赋有友情的，等着责骂怠惰，仿佛埋怨不幸似的，等着给满意自己的人投去被泪珠所潮湿的目光。

她知道她的孩子们受到要叫她快乐的欲望的激动；他们知道母亲只为他们而活着，用爱情的一切智慧来引导他们走上生活的道路，把她的一切思想，一切时间都拿来贡献给他们。一种优美的感觉，还不是自我主义或理性，也许是初期的诚实情绪的感觉告诉孩子们到底他们是否特殊照应的对象，到底人家是否快乐幸福的关心他们。要是您爱护他们，那末，这两个亲爱的孩子，十分坦白公正的孩子就会非常的感谢您。他们热情而赋有妒忌的爱慕，他们有最优雅的细心，他们找到最温柔的话来说；他们有信心，他们相信您的一切。所以，世界上也许就没有任何没有坏母亲的坏孩子，因为他们所感觉到的情爱总是起源于他们所尝试过的情爱，起源于他们所接受过的最初的照应，他们到中间去寻觅爱情和生活的最初的眼色，于是，一切都变成了引力或一切都是拒力。上帝把孩子们送到母亲的怀抱里，让她懂得他们应当久留在那里。然而，世间也还有一些被孩子们残暴轻蔑的母亲，她们的柔情和超卓的柔情经常受到伤刺：可以拿来证明在情绪方面建立绝对的原则是如何的困难的可怕的背恩。在这个母亲和这两个孩子的心里没有缺乏任何可以使他们彼此相属的联系。他们孤单的留在地上，在这里度着同一个生活，彼此互相的了解。早晨，正当维莲桑夫人保守沉默的时候，路易和马利就静静的尊重她的一切，甚至于没有让他们来分担的思想。但是已经有强力思想的长子从来也不满意于母亲给他保证解说的健康：他暗中忧虑的研究她的脸孔，不认识危险，而于看到她眼睛的周围有紫色，眼眶越来越深陷，脸上的红斑越来越火炽的时候预先感到危险。他富有真正的感性，当他看见马利的嬉戏使母亲疲劳的时候，他就懂得对弟弟说：

“来，马利，咱们吃晚饭去罢，我饿了。”

但是，到达门上的时候，他又回过头来看看母亲的脸部表情，母亲也为他而还能够找到一个微笑。当孩子的一个姿势给她揭露一个甘美的情绪，苦痛的一个早熟的契合的时候，她的眼睛里常常就流转着泪珠。

规定给孩子们去吃早餐和消遣的时间就让维莲桑夫人拿来作为梳妆之用；因为她要为她的小孩子们而娇冶，她要使他们快乐，使他们什么都合适，为他们而让人看来温雅，为他们而如同叫人不断再为闻嗅的香味似的带有诱惑性。她总是预备好要在上午十点到下午三点之间（于中午被在园中木楼下共进的午餐所打断）陪着他们温习功课。在午饭后一个钟头的游戏时间里，幸福的母亲，这可怜的女人就在放置在木楼里的沙发上睡觉，人家可以从这里发现不断变化的甜蜜的杜尔兰，由于日光、天色、季节的万千演化而不断返老还童的杜尔兰。她的两个孩子快步穿过圈地，爬上土台，追赶壁虎，跟壁虎似的轻快的彼此集合。他们崇拜谷实，花朵，他们研究昆虫，回来问母亲一切的问题。这是不断的来往于木楼和土台之间的奔跑。孩子们在乡下不需要玩具，一切都让他们忙碌。维莲桑夫人一边刺绣，一边陪着他们学习功课。她静静的待在那里，既不瞧视教师，也不察看孩子。她用心的听，仿佛要设法擒获话语的意义和空泛的知道到底路易是否得到强力似的：如果他拿一句问话去围困教师，如果他这样的表现有进步，母亲的眼睛就激奋了，她就微笑了，她就给他投去一道充满希望的目光。她对马利没有强求什么。她的愿望都在长子身上，她对他表示一种敬重，运用女人和母亲的一切技巧去教育他的灵魂，使他对自己有崇高的信念。这种举动隐藏着一个秘密的思想，是孩子总有一天了解得到的，而且他也了解了。每一次下课，她都送教师们一直到第一扇门，在那里细心问到路易的研究。她是这样多情而得人欢心的，教师们就对她说实话，帮助她叫路易在弱点上多下工夫。晚饭的时间来了；然后就是游戏，就是散步。最后，夜晚到来了，孩子们温习功课。

这就是他们的生活，规则化而丰富的生活；在这生活里，工作和消遣愉快的交织着，使烦扰没有插足的机会。失望和争吵都是不可能的。母亲的无边的爱护使一切都变成容易的。她对她的两个孩子有戒心，从来没有拒绝过他们任何的东西，鼓起勇气适当的表扬他们，退上一步使他们看到“必要之神”的一切形状；她拿仙女一般的看顾教养了他们，发展了他们的天使一般的天性。有的时候，看到他们游戏，想到他们没有使她产生任何悲痛，几颗泪珠就使她的炽烈的眼睛潮湿。我们对于上天都只有模糊的形象，只有在一个广阔完全的幸福是上天的一个形象的时候，它才能够这样的叫我们流泪。她在乡间的安乐椅上睡着，过了几个甜蜜的钟头，看到一个清朗的日子，一块宽阔的河水，一块美丽如画的山景，听着孩子们的声音，他们的笑里又生的笑声，表现团结的小争吵，路易对马利的父爱情绪，他们两个人对她的情爱。两个孩子在童年的初期有一个英吉利女仆，既会说法兰西语言，

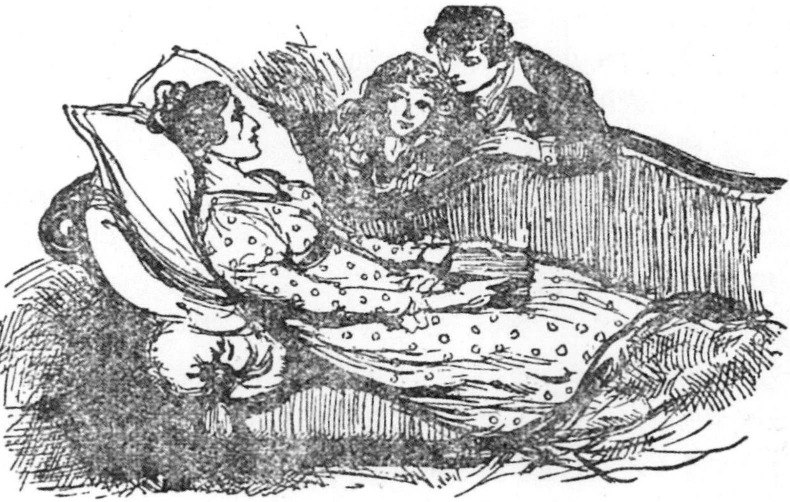

又会说英吉利话。所以，他们的母亲在谈话的时候就轮流的运用这两种语言。她可敬的领导他们的年轻灵魂，不让他们听到任何错误的观念，不让任何恶原则走进他们的心田。她温和的管教他们，没有隐瞒他们任何东西，给他们解释一切。路易想要阅读的时候，她就小心的给他一些有兴趣而正确的书籍。这是著名水手的生活，伟人们和闻名的船长们的传略，在这种书籍的细节里找出万千的机会让她早熟的解释人世和生活；着重说明微贱而伟大的人们拿什么方法从社会的低层，没有保护人，而能得到高贵的

命运。当小马利晚上睡在母亲膝盖上，当罗瓦尔河在美丽夜晚的寂静里反射天色的时候，她就讲述这些不是没有多大用处的课题；但是这些课题往往使这位令人敬重的女人倍加悲凉，她终于就闭上嘴巴，一动也不动的待在那里，沉默着，眼睛充满泪珠。

“妈妈，您干吗哭呀？”一个六月的丰富的夜晚，夜的微弱彩色接着闷热的白书而来的时候，路易问她说。

“孩子，”她回答说，挽着孩子的颈项，孩子的隐蔽的感情强烈的感动了她。“因为没有人援助的暴发户杜发尔·耶姆莱的最初命运就是我给你，你和你弟弟，所预备的命运。亲爱的孩子，你们不久就要孤独的留在世上，没有支持，没有保护。你们还小，我就要把你们撂在世上，然而我却愿意看见你相当强，相当有知识去带领马利。可是，我没有时间了。我太爱你们，想到这些念头，我不会不变成不幸的。亲爱的孩子们，为着你们不至于有一天咒诅我……”

“为什么有一天我会咒诅你呢，妈妈？”

“有一天，可怜的小宝贝，”她一边说，一边吻着他的额头，“你会认识到我对不起你们。我会把你们抛弃在这里，没有财产，没有……”

她迟疑不说。

“没有一个父亲。”她接着说。

说了这句话，她就哭得跟泪人似的，轻轻的推开她的孩子，孩子由于一种直觉而猜想到母亲愿意一个人单独留下，就带了一半睡着的马利走了。一个钟头之后，弟弟睡了的时候，路易又蹑手蹑脚的回到母亲在内的木楼里来。于是，他就听到一道使他的心灵觉得甜蜜的声音所说的这句话：

“来，路易！”

孩子投入母亲的怀抱，他们俩仿佛痉挛似的互相抱吻。

“我的心肝，”他终于说，因为他常常运用这个字眼，甚至于觉得情场的词语都太软弱无力，不足以表达他的情绪，“我的心肝，你干吗这样怕死呢？”

“我生病了，可怜的疼人的天使；我一天一天的失去力量，我的病是没有药治的。我知道这个。”

“那末，您生的是什么病呢？”

“我应当忘记了它，而你，你也永远不应该知道我死的原因。”

孩子沉默了一些时候，偷偷的瞧着母亲，母亲仰着眼睛往天上瞧，欣赏云彩。这是温和的悲哀的时刻！路易不相信母亲不久就会死去，但是他感觉到她的悲哀，而猜想不出是什么缘故。他尊重这悠长的梦幻。年纪大了一些，他就可以在这超卓的脸孔读出一些掺杂有幸福回忆的悔恨的思想，女人的一生：无忧无虑的童年，冷酷的婚姻，可怕的情爱，在风涛里生长，被雷电击毁而埋没在任何东西都不能够再回来的深渊里的花朵。

“亲爱的妈妈，”路易终于说，“您干吗瞒着我您的苦痛呢？”

“孩子，”她回答说，“我们应当在生人的眼前埋藏我们的痛苦，给他们露出一副笑脸，永远不要告诉他们我们的事情，也不要关心他们：在家庭里实行的这句格言是家庭幸福的一个来源。有一天你会非常的苦痛！你会回想到在你面前总是微笑而瞒着你她的苦痛的死去的你可怜的母亲！那时候，你就会找到勇气来支持生活的苦楚。”

这时候，她吞下眼泪，设法给她的儿子揭露生活的法术，财富的价值，税率和巩固，社会的关系，堆积生活上所必要的银钱的体面方法，文化教育的必要。然后，她就告诉他她的经常的悲痛和涕泣的一个原因说，她死后第二天，他和马利就会变成最穷苦的人，两个人只有微末的钱款，除了上帝之外，没有别的保护人。

“我得赶紧学习!”孩子一边喊，一边给他的母亲投去一道哀怨的深沉的眼色。

“啊！我真幸福，”她一边说，一边拿接吻和眼泪去包蔽她的儿子。“他懂得我！——路易!”她加上一句话说，“你要变成你弟弟的保护人，不是吗？你答应我这个吗？你已经不是一个孩子了!”

“是的，”他回答说，“但是，您还没有死呢，您说?”

“可怜的小宝贝们，”她回答说，“我对你们的爱情支持着我！何况这地方这样的美丽，空气这样的有益于身体，也许……”

“您使我更加热爱杜尔兰。”孩子大受感动的说。

自从预先见到死日来临的维莲桑夫人告诉她的长子将要到来的命运这一天起，到达十四岁年纪的路易就变成了不大散心，更为注意，不像从前那样等着游玩的孩子。也许因为他劝告马利应当阅读，不要投身于火炽的消遣，两位孩子不大在凹路、围圃和石榴居的层层土台里穿行吵闹。他们使他们的生活符合于母亲的悲哀思想，母亲的脸色一天胜似一天的苍白，变成了灰黄的颜色，额头一直凹陷到鬓角为止，皱纹一夜比一夜的深。

八月的时候，小家庭到石榴居来五个月之后，这里的一切都改变了。老女仆观察到只由多情的灵魂和特别爱护孩子的心情来支持的主妇的身体因为缓慢的退化而憔悴的还很轻微的征象，也就变成暗淡而悲痛的了：她仿佛知道这快速死亡的秘密。当她的主妇，她那还很美丽，比从前更加娇媚的主妇装饰即将消灭的身躯，抹上胭脂，在两个孩子的陪伴之下，在上面的土台上散步的时候，老安娜特常常朝着抽水机旁边的两棵杜松中间伸过头来，忘记了已经开始的工作，把要洗的衣服拿在手里，看到维莲桑夫人这样不像她从前所认识的悦人的女人，好容易才能够忍住她的眼睛。

起初这样悦人，这样有生气的美丽的房子好像变成了悲惨的；它是寂寞的，住户很少出门，维莲桑夫人不再能够不费大力气而到杜尔桥去散步。忽然发展了想象力的路易，已经和母亲化成了一个人（无妨这末说）的路易猜到在这胭脂下面隐藏着的疲劳和痛苦，就常常发明一些藉口，不要举行在他母亲方面未免过长的散步。到杜尔的小古尔丁，圣锡尔去的快乐的夫妇们和一群一群散步的人众看见这位苍白，消瘦，悲痛，憔悴，而仍然光焕的女人晚上在堤岸上仿佛鬼魂似的走过土台，大家都猜出有严重的苦楚。所以，守园人一家都变成了缄默的。有的时候，这农夫，他的妻子和他的孩子们就聚集在他们的茅屋的门前：安娜特在井旁洗衣服；夫人和她的孩子们待在木楼下；但是人家没有在这些快乐的园圃里听到任何的声息，一切受到感动的眼睛都瞧着维莲桑夫人，虽然没有让她觉察到。她是这样的善良，这样的有先见之明，这样的使接近她的人觉得威严！至于她，杜尔兰的秋天是这样的美丽，这样的明艳，它的有益的影响，葡萄，优美的果子应当会使这位母亲的生活延长到无名的苦痛给规定的界线之外，然而，入秋以来，她却除了孩子之外，没有看到任何的东西，每一个钟头都好像是最后一个钟头似的享受孩子们的深情。

自从六月起到九月末，路易夜里都瞒着母亲用功，而有长足的进步；他已经学到了代数的二次方程式，学会了画法几何学，画得一笔好图画；总之，他能够成功的投考加在想要进入诸艺学校的年轻人身上的考试，有的时候，他晚上到杜尔桥去散步。他曾经在这里遇到一个领半薪的海军上尉；这位帝国水兵的雄伟相貌、装束和步伐都激动了他的幻想。在他一方面，水兵也对这位眼睛里闪烁着毅力的年轻人生出友情。渴望军旅故事和喜欢查询消息的路易到港里来逍遥，希望能够跟他闲谈。领半薪的海军上尉有一个当步兵上校的朋友和伴侣，跟他一样的被取消了军籍。

所以，年轻的卡斯顿能够轮流的学习陆军的生活和海军的生活。所以，他就给两位军人堆上无数的问题。然后，预先同情了他们的不幸和艰苦的生活之后，他就要求母亲允许他到县里去旅行，消遣。因为惊讶的教师告诉维莲桑夫人她的儿子用功过度，她就非常快乐的接受这个要求。孩子于是就到处的奔跑。他要借着疲劳来使身体结实，他用难于相信的敏捷爬上最高的树木；他学习游泳；他守夜。他已经不是同一个孩子了，他是一个让太阳给脸上投射褐色光线，脸上已经出现有我也不知道是哪一类的深刻思想的年轻人。

十月到来了，维莲桑夫人只能够中午起床，这正好是从罗瓦尔河反射出来而集中在土台上面的太阳光给石榴居产生和那不勒斯海湾的温热日子相似的气候的时刻。就是这气候叫地方的医生介绍她这所房子。于是，她就来坐在一棵绿树的下面，她的两个孩子不再离开她。功课停止了，教师辞退了。孩子们和母亲愿意心心相印的生活着，没有照顾，没有消遣。既没有啼泣，也没有快乐的欢呼。躺在母亲身边草上的长子在她看来仿佛是一个情人，而吻着她的脚。忧愁的马利出去给她采集花朵，悲伤的给她带来，跷起脚，在她的嘴唇上接了一个少女一般的吻。这位一双大眼睛，整个的憔悴，举动笨拙的洁白的女人从来也没有埋怨过，她对两个非常活泼，非常健康的孩子微笑，构成了一幅超卓的图画，这图画既不缺少带有黄色树叶和半脱皮的树木的秋天的悲凉的浮华，也不缺乏太阳的温和弱光和杜尔兰天空的白云。

最后，一位医生禁止维莲桑夫人离开她的卧室。她的卧室每天都由她所喜爱的花朵给加以美化，她的孩子们就住在那里。十一月初旬，她最后一次弹奏钢琴。她的孩子们聚在窗户那一边，给她露出错乱的头。她的眼睛于是就恒久的从孩子们身上移到山景，又从山景移到孩子们身上。她的脸孔发红了，她的手指兴奋的按着象牙音键。这是她的最后的节日，无人知晓的节日，由于回忆而在灵魂深处被庆祝的节日。医生来了，他命令她待在床上。母亲和两个孩子都在一阵几乎是愚蠢的缄默里接受了这可怕的刑罚。

医生走了的时候，她说：

“路易，带我到土台上去，让我瞧瞧我的地方。”

听了这句简单说出的话，孩子就给母亲伸出手臂，带她到土台中央去。在那里，她的眼睛多半是瞧着上天，不是瞧着地下，这也许是不自觉的。但是这时候却不容易决定哪里是最美丽的山景，因为云雾空泛的代表了阿尔卑山最庄严的冰块。她的额头强烈的皱了起来，她的眼睛有一种苦痛和悔恨的表情。她拉住两个孩子的两只手，把它们给靠在她那激动的心上：

“不认识的父母！”她喊着，给他们投去一道深沉的眼色。“可怜的天使！你们要变成什么样子呢？而且，二十岁的时候，你们不会跟我严厉的计算关于我的生命和你们的生命的什么账呢？”

她推开了两个孩子，把两只肘子靠在栏杆上，用手遮住脸，一个人单独的待在那里一些时候，只怕让人家看见了她。当她从苦痛里恢复过来的时候，她发现路易和马利好像两个天使似的跪在她旁边，两个人都对她温和的微微一笑。

“但望我不会消除这微笑！”

她回来躺在床上，一直等到睡在棺材里才离开这张床。

一星期的时间过去了，天天都是一样的情形。老安娜特和路易每人轮流的夜里待在维莲桑夫人身边，眼睛盯住病人的眼睛。每时刻都是这万分惨痛的悲剧，人家只怕被人崇拜的病人的每一次过分强烈的呼吸就是最后一次的呼吸的时候发生在一切家庭的悲剧。这惨痛的一星期的第五天，医生送走了花朵。生活的幻想一个一个的消散了。

自这一天起，马利和他的哥哥走来接吻母亲额头的时候，发现在他们的嘴唇下面有热火。最后，星期六晚上，维莲桑夫人不能够忍受任何声音，必须让她的卧室紊乱。不整理房子是这位喜爱幽雅的高雅女人的临终的开始。路易不愿意离开他的母亲。星期日夜间，在灯光的照耀之下，在深沉的寂寞当中，以为母亲在假寝的路易看见她伸出一只又白又湿的手翻开床帘。

“孩子!”她说。

临死的人的声调有某种威严的成分，激动的灵魂所产生的力量强烈的反应在孩子身上，他觉得他的骨髓里有一阵非常猛的热气。

“你要什么，妈妈?”

“听我的。明天，我什么都完了。我们不会再见面了。明天，你要变成一个大人了，孩子。所以，我得做些只应当是我们两个人之间的一种秘密的准备。拿出我小桌子的钥匙。打开抽屉。你可以在左旁找到两张封好的纸。一张纸上写着：路易；另外一张纸上写着：马利。”

“它们在这儿，妈妈。”

“亲爱的孩子，这是你们的两张出生证；这对你们将是必要的。你可以交给可怜的安娜特保管，你们需要的时候，她可以送还给你们。现在，”她接着说，“同样的地方不是有一张有我在上面写几行字的纸吗?”

“是的，妈妈。”

于是，路易就开始念：“维莲桑·马利，生于……”

“够了，”她激奋的说。“别念下去。我死的时候，你也得把这张纸交给安娜特，你告诉她应当把它交给圣锡尔的市政府，它可以帮助市政府正确的草拟我的死亡证。请你准备好一切来写一封我给你口授的信。”

看见孩子准备停当，转过头来朝着她，仿佛来听她的时候，好就用镇静的声音说：

“伯爵先生，您的妻子布郎顿夫人死在安德与罗瓦尔省，杜尔附近的圣锡尔。她宽恕了您。”

“签上……”

她停口不说，犹豫不定，激动。

“您苦痛得更厉害吗？”路易问。

“签上路易——卡斯顿！”

她叹了一口气，接着说：

“封上信，写上下面的通讯处：英吉利，伦敦，海德公园，布郎顿广场，布郎顿爵士。”

“好，”她接着说，“我死的日子，你可以到杜尔去寄这一封信。”

“现在，”她歇了一会儿之后，说，“取出你认识的那个小钱包，再到我身边来，亲爱的孩子……那里有，”路易回到原位来的时候，她说，“一万两千佛郎。这是属于你们的。嗨！你们本来可以富裕。要是你们的父亲……”

“父亲！”孩子喊道，“他在哪儿呀？”

“他死了，”她拿一只手指靠在嘴唇上，说，“为着拯救我的名誉和生命而死去了。”

她仰起眼睛，朝着天空。如果她还有为苦痛而流的眼泪的话，她就一定哭了。

“路易，”她接着说，“跟我发誓，在这儿，就在这床头，发誓把你所写的和我所说的话忘记了。”

“是的，妈妈。”

“抱吻我罢，亲爱的天使。”

她歇了一大阵，仿佛要从上帝那里汲取勇气，拿她所剩下的力量来衡量她的话语似的。

“你听。这一万两千佛郎是你们的一切财产；你得好好的留在身上，因为我死的时候，警察要到这里来封闭一切。那里的任何东西都不会属于你们的，甚至于你们的母亲！而且你们，可怜的孤儿，你们也只能够走了，上帝知道你们要走到哪儿去。我已经给安娜特保证她的命运。她每年可以拿到一百厄古，而无疑的留在杜尔。但是，你跟你弟弟怎么办呢?”

她在床褥中坐起，瞧着没有恐惧的孩子；孩子额头出汗，因为感情的激动而脸色发白，眼睛一半被眼泪所蒙住，站在她的床前。

“妈妈，”他用一道深长的声音回答说，“我已经想到那个了。我要把马利带到杜尔中学去。我要把一万佛郎交给老安娜特，告诉她好好的保管它，看顾我的弟弟。然后，我可以带剩下的一百路易到布勒斯特去，我要爬上船学当水手。马利读书的时候，我就可以变成了海军上尉。总之，你放心死去，妈妈；行：我会发富的回来，我要让我们的小宝贝进诸艺学校，或者随他的趣味领导他。”

一道快乐的光芒在母亲的一半熄灭了的眼睛里发亮，两颗眼泪涌了出来，流下热烫的双颊；然后她就在嘴唇间叹一口大气。看见在这位立时变成大人的孩子的灵魂里有他父亲的灵魂，她几乎都因为快乐的激发而死去了。

“天上的天使，”她哭着说，“你只用一句话拭去了我一切的苦痛。啊！我能够受苦！——这是我的儿子，”她接着说，“我养育了这个大人!”

于是，她就举手空中，又把双手合拢，仿佛表达一种无边的快乐似的；然后她又躺下。

“妈妈，您脸色发青!”孩子喊道。

“得去找一个牧师来。”她用垂死的声调回答说。

路易唤醒老安娜特，受到惊惧的安娜特就跑到圣锡尔的牧师住宅去。

清早的时候，维莲桑夫人在最动人的设备当中接受临终典礼。两个孩子，安娜特和已经变成家里人的平民守园人一家人都跪在地下。一个谦卑的歌咏队儿童，村里的歌咏队儿童，捧来银制十字架，把它插在床前。一位老牧师替这临死的母亲举行临终典礼。临终典礼！这是一个超卓的字眼，它所代表的思想比起字眼还要超卓，这是只由罗马教会的使徒宗教来占有的。

“这个女人很苦痛！”老教士用简单的语言说。

维莲桑·马利不再听见，但是她的眼睛却还盯住两个孩子。每一个人都在恐惧的袭击之下，在深沉的岑寂里听着临死的人的呼吸，这呼吸已经缓慢起来了。然后，不时不时的，一道深长的叹息宣布这生命还存在而表露出一种内心的斗争。最后，这位母亲不再呼吸了。一切的人都哭了起来，除了马利之外。可怜的孩子年纪太轻，他不懂得什么叫作死亡。安娜特和守园人的妻子给这位令人崇拜的女人闭上眼睛——这时候，这位女人的美丽好像又全盛的出现了。她们送走了一切的人，撤去了卧室里的家具，把死人包在殓尸布里，躺在那里，在床的周边点起蜡烛，安上圣水瓶，黄杨枝和基督苦像，依据当地的风俗，推开遮窗板，张开床帘；然后，主教的助理就比较晚些来过夜，跟不愿意离开母亲的路易一同祈祷。星期二早晨举行葬礼。只有老女仆，两个孩子在守园人妻子的陪伴之下跟随着一个女人的尸体后面。这个女人的精神，美丽和优雅曾经闻名全欧洲，如果是在伦敦的话，她的葬礼就一定是各报纸都要登载的轰动一时的消息，一种贵族的威严，要是她没有犯过一次最甜蜜的罪，总在人世得到刑罚而叫受到宽恕的天使回返上天的一种罪的话。泥土投上母亲灵柩上面的时候，马利哭了，他懂得他不会再看到她了。

一个简陋的木制十字架插在她的墓上，上面有圣锡尔的教士所写的这一段文字：

这里长眠着
一个不幸的女人
享年三十六岁
教名阿古斯达
请为她而祈祷！

一切完竣的时候，两个孩子到石榴居来，给这住宅投去一道最后的眼色；然后，彼此就拉着手，准备和安娜特一同离开，把一切都交托给守园人，请他负责回答警察的查询。

路易走上抽水机旁边的层级的时候，老女仆叫唤他，把他拉到一边，对他说：

“路易先生，这是夫人的戒指！”

孩子哭了，大受感动的找到死的母亲的一个活的纪念品。依他的力量，他一点也没有想象到有这样超卓的关心。他抱吻了老女仆。然后，他们三个人就一同经过凹路，走下土坡，到杜尔去，没有转回头。

“妈妈从前从那边来，”到达杜尔桥的时候，马利说。

安娜特有一位表妹，退居在杜尔，格尔赤街的老裁缝。她就把两位孩子带到亲戚家里来，想要跟表妹共同生活在一起。但是路易却给她解释他的计划，交给她马利的出生证和一万佛郎；然后，在老女仆的陪伴之下，他就在第二天带他的弟弟进入中学。他告诉校长他的情况，不过是单略的述说罢了。出来的时候，他带弟弟走到校门，在那里给他严肃的交代最温情的话，给他宣布他在世界上的孤单；看了他相当长的时间之后，他就抱吻弟弟，再瞧着弟弟，拭干一颗眼泪，一边走，一边好几次转过头来看着待在校门的弟弟到最后的时刻。

一个月之后，路易·卡斯顿以新入伍水手的资格登上了国家的战船，离开了罗楼福尔海湾。他靠在伊里斯号的防布上，瞧着快速飞逝于浅蓝色水平线里的法兰西海岸。不久，他就发觉自己孤单的失落在大西洋的中央，仿佛他在世界上，在生活上的情形似的。

“别哭了，年轻人！一切的人都有一个上帝，”一位老水手用既严厉又善良的粗暴声音对他说。

孩子拿一道充满骄傲的眼色来向这个人致谢。然后，他就低下头，忍受海军水手的生活。他已经变成了父亲。

一八三二年八月于安古莲

钱　　包

献　　给

梭夫珈

小姐，我们不是曾经注意过中世纪的画家和雕刻家把两个受人崇拜的人像放在一位美丽圣女旁边的时候，后来也没有忘记过给他们印上亲人相似的痕迹吗？我把我的作品放在我亲爱的朋友们的保护之下；在这些朋友们当中看到您名字的时候，请您回想到这动人的调和，您也就可以在这里不是找到一种敬仰，而是找到您所愿望的兄弟情谊的表达。

您的仆人
德·巴尔扎克

钱　包

白昼已过，黑夜未来的时刻正好可以让性情温和的人关心一个钟头；这时候，薄弱的微光给一切事物投去柔软的色泽或奇异的反光，使泛泛配合明暗光线的游戏的一种梦幻得以顺利的进行。几乎总要在这时刻统治宇宙的岑寂使这时刻在那些停留在不再动手去工作的作品附近几步路而集中脑力熟思的艺术家们看来是特别珍贵的，这些艺术家正沉醉在这时候给天才的心眼暴露亲切意义的题材里，而对他们的作品加以判断。没有在这朦胧如梦的富有诗意的时刻里挨近一位朋友而沉思的人，很难了解这时候的难于形容的好处。多亏这种晕抹法，被艺术用来让人信以为真的狡猾的物质材料就整个的失踪了。如果是一张图画的话，画中的人物就仿佛在说话，在行走：晕形变成了漆黑的，晕光是白亮的，皮肉是活动的，眼睛转动了，血液在血管里流转，布块发出光彩。想象帮助每一个细节现出特性，而只看到作品的美丽。在这时刻，幻想专横的统治着：也许它要跟黑夜一同起来！在思想方面，幻想难道不是我们拿来点缀梦境的一种黑夜吗？于是，幻想就展开它的翅膀，把灵魂带到富有情欲意态的玄妙的世界里去，艺术家就在这种世界里忘记了现实，昨夜与明日，将来，一切，甚至于他的穷苦，好的和坏的。

在这巫术一般的时刻里，一个年轻画家登上了让他描绘一张即将完工的高大画幅的双层梯。他是一个天才，而且只把艺术看成艺术。他在那里自己批评自己，很有信心的崇拜自己，在他的思想河流中游泳，堕进一种默思，这种默思可以使灵魂焕发，长成，可以摸抚灵魂，安慰灵魂。他的梦幻无疑的延续了很长时间。黑夜降临了。也许因为他要走下梯子，也许因为他做下一个错误的动作，以为自己已经站在地板上，这事情没有让他记住发生意外的正确原因，他就摔倒了，把头碰在一个家具上，失去了知觉，一动也不动的过了相当的时间，——他也不知道这时间到底多长。一道柔和的声音使他从一种他所深陷其间的麻木状态里恢复过来。睁开眼睛的时候，一阵强烈的光线又使这一双眸子立刻闭上；但是，他却通过包蔽他的感觉的一块布幕，听到两位女人的低声耳语，而且感觉到有两双细嫩懦怯的手抱着他的头。一忽儿，他恢复了知觉，而在一种所谓双通风的古灯的微光下看见到他从来也没有看见过的少女的最为甘美的头，常常引诱画笔而立刻实现每一个艺术家所创造而让他去发挥才能的理想的美丽的宝库的一只脑袋。陌生女郎的脸孔可以说是属于普鲁顿①学派的精巧细致的典型，赋有基罗特②给加在他的虚玄人物身上的诗意。鬓角的鲜艳，眉毛的整齐，脸纹的洁净，深深印在身姿的一切条纹上的童贞使这少女成为一个完美的创造。腰部又软又薄，体态是脆弱的。虽然她的服装是朴素而干净的，然而却不能表现她是富是穷。画家恢复知觉之后，就用一道惊愕的目光去表达他的敬仰，格格不吐的称愧道谢。他发现他的额头被一块手巾扎着，虽然有工作室的气味，他却认得有以太的强烈味道，这以太无疑的是用来把他从晕绝里救治过来的。最后，他看见一位老太太，仿佛是前一个朝代的侯爵夫人，手里持着灯笼，给年轻的陌生女郎吩咐一些话。

---

① Prudhon (Pierre-Paul)，法国的著名画家，1758年生，1823年卒。

② Girodet-Trioson，法国的著名画家，1767年生，1824年卒。

"先生，"画家一边受到跌倒给他的思想所产生的波浪的袭击，一边问她一些话的时候，少女就回答他的一个问题说，"我妈妈和我，我们听见您身体倒在地板上的声音，我们相信清楚听到有一声悲痛的喊叫。继着您的跌倒而来的寂静惊动了我们，我们就马上上楼。我们发现钥匙在门上，幸而能够让我们进来，我们看见您躺在地下，连动也不动。我妈妈想尽方法弄了一块紧压布，救活您。您额头上受了伤了，那儿，您觉得吗?"

"是的，现在我觉得。"他说。

"噢！这没有什么关系，"老太太说，"幸亏您的头靠在这只人体模型上头。"

"我觉得好多了，"画家回答说，"我只需要一辆车让我回家去。门房可以出去替我找一辆来。"

他想重复对两位陌生女人道谢；但是，听他说了每一句话，老太太都打断他，说：

"明天，先生，您得设法放些吸血虫或是让人家抽您的血，您得喝几杯敷尔纳尔药水；您得照应照应自己，摔倒是危险的。"

少女偷偷的瞧着画家和工作室里的图画。她的举动和目光都表露出她有一种完美的端正态度。她的好奇很像是消遣，她的眼睛仿佛在表现女人们用充满娴雅的自发态度对我们的任何不幸所有的兴趣。两位陌生女人好像都在受伤的画家面前忘记了画家的作品。他叫她们放心自己的情况之后，她们才一边拿既不夸张也不亲昵的挂念态度端详了他，一边走了出去，没有查询他一些不谨慎的问题，也没有设法表示要知道这些问题的愿望。她们的动作赋有卓绝自然和优美趣味的特征。她们的高贵纯朴的态度最初对画家没有产生什么效果；但是，后来，想到这事情的一切景象，他就大受感动了。到达画家工作室下面一层楼的时候，老太太轻声的说道：

“阿德拉伊特，你让门开着。”

“这是为着来救我的，”画家一边回答，一边发出一道感恩的微笑。

“妈妈，是您刚才下了楼呢，”少女红着脸，立刻辩答说。

“您要我们陪您一直走到那底下吗?”老太太对画家说，“楼梯太黑了。”

“谢谢您，太太，我好多了。”

“擒好栏杆!”

两位女人停留在梯头，来给年轻人照路，一边听着他的脚步的声音。

为着使人了解为什么这幕景对画家是生动的，是意外的，就得加上说明：画家在这间房子的屋脊里设置工作室，只是几天以前的事情。这所房子坐落在苏尔斯尼街泥泞最多的地方起的那一块最黑的地段里，几乎就在马德莲教堂前面，离他在苍细利西街里所住的公寓只有两步路远。他的才能使他得到的名声让他成为法兰西最受人敬重的艺术家之中的一个，他开始不认识有什么需要，而享受着他的最后穷苦的乐趣，依据他自己的话来说。他不到坐落在进口检验处附近的工作室里去工作（这工作室的少量租钱从前是和他的微薄收入成比例的），而愿意满足天天重生的一个欲望，免得跑长路而损失对他越来越宝贵的时间。世界上的任何一个人也不会像齐纳尔·喜波里特似的给人感应那末大的兴趣，如果他同意让人家认识他的话；但是他却没有告诉人家一丝一毫关于他的生活的秘密。他是一个穷苦母亲的偶像，这母亲拿最困苦的代价来养育他。

齐纳尔小姐是一个阿尔萨斯农民的女儿，从来没有结过婚。她的温柔的灵魂从前曾经受过一个富裕男人的残酷伤刺，这男人没有在爱情里拿伟大的高雅思想来鞭策自己。正当她年轻而焕发一切美丽的时候，她却在生命的光荣里，为着她的心灵和美丽的幻想而有又慢又快来到我们身上的这种觉悟（因为我们总愿意尽可能晚的相信不幸，而不幸似乎总是来得太快）。使她有这种觉悟的日子，这日子就是让她思考的整个世纪，这日子也就是使她有宗教思想和退隐思想的一天。她拒绝接受欺骗了她的男人救济，抛弃了人世，而拿她的错过来作为她的光荣。她把整个的生命贡献给母爱的情绪，向它要求一切的甘美，来交换她所放弃的社会欢乐。她依靠工作过活，在她儿子身上堆积宝库。所以，后来有一天，一个钟头的时间就付还了她的穷苦的长期牺牲。在前一次的展览会里，她的儿子接受了光荣勋级会的十字勋章。一致拥护没有人认识的一个天才的报章还在散布诚恳的颂赞。艺术家们自己认出齐纳尔是一个大师，商人们拿黄金去购买图画。二十五岁的时候，让母亲灌输女人灵魂的齐纳尔比任何时候都更清楚知道他在世界上的地位。他要给母亲送还她被社会所长期剥夺去的欢娱，他为她而活着，希望借着光荣和财富的力量而看到她有幸福的，富裕的，被尊敬的，被名人们所包围的一天。因此，齐纳尔就在最体面最出色的人们当中去选择他的朋友。因为很难在他所有的关系当中去进行选择，他还要设法提高他的才能已经使其变成这样高的地位。伟大思想的母亲，自幼献身的工作，逼着他保持孤寂，把他安放在点缀他的生活的美丽的信仰里。少年的灵魂并没有轻视任何的贞洁，这种贞洁使年轻人成为一个特殊人物，心灵充满幸福，诗意和纯洁的希望；虽然这些希望在靡萎的人看来是薄弱的，但却是深刻的，因为它们是单纯的。他赋有这种温和合乎礼貌的举止，容易引起灵魂的同情而能够诱惑甚至于不了解这些举止的人。他有好教养。发自他心坎的声音在别人的心坎里掀动高贵的情绪，而由声调的某种诚实来证明他的真正谦虚。瞧了他一眼，人家就会觉得让一种幸而还没有被学者们分析过的精神的吸力给朝着他身上引来。学者们会在那里找到一些电气学的现象或我也不知道是哪一种流质的动作，而拿氧气和电流的比例来给我们的情绪拟定公式。这些细节也许可以使那些急性的人和结着好领带的人了解为什么门房让他派遣到马德莲街头去寻找一辆车子的时候，齐纳尔居然没有问门房的妻子任何一句关于这两位已经给他表示好意的女人的话。但是，虽然他拿一声“是”和“不是”去回答（这是同样环境里很自然的现象）这个女人询及他的意外事故和住在第五层楼的房客的殷勤救援的问题，他却不能够阻止他顺从门房的本能：她就依据她的政治见解和住宅里的地下判断对他谈到这两位女人。

“啊！”她说，“这一定是在这里待了四年的勒塞额尔小姐和她的母亲。我们还不知道这两位妇人干些什么：早晨，只到中午，一个不会比哑巴说更多的话的半聋子老女佣来给她们伺候；晚上，两三位跟您先生一样得过勋章的先生，其中一个有豪华马车，有仆人，每年有六万佛郎收入，他们就到她家里来，常常待得很晚。她们而且是很清静的房客，跟您先生似的；她们并且很经济，生活很朴素，来了一张账单，她们就把钱付清。先生，奇怪的是母亲和女儿不是同一个家姓。啊！她们到杜伊勒利花园去的时候，小姐就非常的鲜艳，没有一次不是后面跟着许多让她朝着鼻子给关上门的年轻人，而她也对付得好。房东不愁……”

车来了，喜波里特不再听下去，就回到家里去了。他告诉母亲他的意外事故，母亲又重新给他的伤口敷上药膏，不让他第二天再到他的工作室里去。让医生瞧过了病，开好了各种药方，喜波里特就在家里待了三天。休养的时候，空闲的幻想就让他清清楚楚的一段一段的回忆到继着晕厥而来的那一幕景象的细节。少女的侧面形强力的切断他的内心视觉的黑影：他又重新看到那位母亲的憔悴脸孔或还感觉到阿德拉伊特的手抱着他的头；他又找到了最初不大使他感动，后来由于回忆而显出甜蜜的雅致姿仪；然后，一个姿态或由遥远的回想而变美的音乐似的声音就突然的重新出现，仿佛沉没在水里而又浮上水面的东西。所以，能够恢复工作的那一天，他一清早就到他的工作室里来；但是这样忙迫的真正原因却是他有明确的权利去对邻居进行的拜访。他已经忘记了他所开始的图画。一种感情粉碎了他的襁褓的时候，他遇到了爱恋过的人所了解的不可形容的快乐。所以，有些人就会懂得为什么画家慢步登上的第五层楼，为什么当他看到勒塞额尔小姐的朴素公寓的棕色房门的时候，他的心脏就继续不断的急速的跳动。这位跟母亲不是同一个家姓的少女引起了年轻画家的万千同情；他要看看在她和他之间的一些地位上的相同，拿他自己的身世的不幸来给加在她身上。喜波里特一边工作，一边非常和悦的投身于爱情的思想，做出许多声音，逼着两位女人关心他，正如他关心她们似的。他在工作室里待得很晚，在那里吃晚饭；然后，七点钟左右，他就下楼到邻居家里来。

任何描绘风俗的画家都不敢使我们知道某些巴黎生活的真正的奇怪内幕，从中走出这样鲜艳，穿着这样漂亮的服装，这样表面看来富裕而在身上到处让人看到可疑的财富标志的女人的住宅，这也许是因为画家的贞洁。如果这里的这一张图画描绘得过分的诚实，如果您在这里找到过分的冗长，请您不要谴责这种可以说是属于历史一部分的描写；因为这两位邻居所居住的公寓的景象大大的影响了齐纳尔·喜波里特的情绪和希望。

这所房子属于一个预先非常厌恶修理的房东，房东是把自己的巴黎房东的地位看成一个国家的一种人。在道德观念的种类的长炼中，这种人是居在悭吝者和放高利贷的人之间的。他们在计算方面是乐观主义者，他们都忠实于奥地利的 Statu quo（维持现状）。如果您说到翻动一块薄板或一扇门，开一个最必要的通风洞，他们的眼睛就发亮了，他们的胆汁就激动了，他们就跟受惊的马似的蹬脚。如果风吹翻了他们的烟囱顶上的几块瓦，他们就生病了，取消了到运动场或到圣马丁门去的计划，因为要修理。喜波里特曾经为着美化他人的工作室的问题跟莫利纳先生演过一幕免费的喜剧，他并不惊异点缀装壁板的漆黑污脏的色调，油垢的色泽，斑点和其他相当难看的附件。这些穷苦的烙印在一个艺术家看来而且并不是没有诗意。

勒塞额尔小姐亲身走来开门。她认得是年轻画家，就鞠了一躬；然后，她同时拿这种巴黎人的敏捷和骄傲给产生的这种聪明转回头，走去关上一道隔板的一扇玻璃门，因为喜波里特可能透过这扇门看到经济小炉上面的绳子所挂的一些衣服，一张老帆布床，木炭，煤，熨斗，滤水缸，食具和小家庭所特有的一切器皿。相当干净的白纱布帘十分谨慎的掩住了这个杂物堆，这是习惯上拿来亲切描写这种由邻院的弱光来给加以胡乱照明的实验室的字眼。喜波里特拿艺术家的快眼看到这分隔为两小间的第一间房子的用途，家具，全貌和情况。同时作为接待室和饭厅用的可怕的部分铺有一张金黄色的旧纸，纸的边缘饰着丝绒，这无疑的是勒维昂的出品，纸的窟窿和斑点非常谨慎的隐蔽在做浆糊用的圆面团下面。装在褪色镀金框子里的勒布龙的画遥遥相对的装饰着房墙。在这一间房子的中央是一张破了边的旧式厚红木桌。一只小火炉的没有弯接管的直铁管好容易才让人家看得见，这小火炉就放置在壁炉前面，壁炉内部存着一只衣橱。奇怪的对照，椅子表露出过去光荣的一些遗迹，它们都是雕刻的红木；但是坐位的红色臊羊皮，镀金的螺丝钉和金银线却显得和帝国禁卫军的老外委同样多的伤痕。这一间房子是陈设这种两栖性质的家庭里所找到的某些东西的博物馆，既属于奢华又属于穷困的没有名目的物品的展览室。在其他的古董当中，喜波里特注意到一只装饰辉煌的望远镜，挂在装饰壁炉的小绿色镜的上面。为着配合这只奇怪的物品起见，在壁炉和隔板之间就有一架油漆过的红木破碗橱。红木是一切木料之中人家最不容易假造的木头。但是红色的光滑石片，但是放在椅子前面的简陋小地毡，但是家具，这一切的一切却擦得干净发亮，仿佛一个假的千盏灯擦得干净光亮更能够表露清楚老古董的缺点，年龄和长期的使用似的。这间房子里统治着一种莫名的气味，是杂物堆的臭味掺杂着饭厅和楼梯的烟气的结果，虽然窗户是半开着的，街道的空气却吹动小心悬挂盖住窗口的棉布帘。从前的房客就在这窗口拿各种镶嵌细工，一种家庭的壁画，来表明他们的存在。阿德拉伊特立刻打开了另外一间房子的门，用某种快乐的态度引导画家走进这卧室。从前曾经在母亲家里看到同样穷苦迹象的喜波里特就拿我们记忆的最初收获所特有的特殊的鲜明印象来注意它们，而比任何其他的人都更成功的钻进这种生活方式的细节。认识到童年时期所有的事物，这位善良的年轻人既不轻蔑这隐藏的不幸，也不以他刚刚为他母亲而获到的奢华生活为骄傲。

“唉，先生，我希望您不再把您的跌倒铭刻在心，不是吗?”老太太一边对他说，一边从一张放在壁炉角里的古靠椅中站了起来，给他指着一张椅子。

“不，太太，我来致谢你们对我的照顾，特别是听见我跌倒的小姐。”

说了这一句印有真正爱情的初期扰搅给灵魂赋上的可敬的笨拙痕迹的话之后，喜波里特就瞧着少女。阿德拉伊特点了双通风灯，无疑的为的是要使一支插在大铜烛台里的烛火失迹不见，这一只大烛台装饰有一些突出的竖凹线，是特殊的铸法所生的结果。她轻轻的行了一个敬礼，走去把烛台放在接待室里，再回来把烛放在壁炉台上，坐在母亲附近，略为在画家后面一点儿，为的能够安安闲闲的瞧他，显得忙于拨动烛火的神气。这一盏灯的火光，因为让失去光彩的玻璃上的湿气所摄获，闪烁的发亮，而与一条剪切不甚合宜的黑色灯心相搏斗。看了装饰壁炉台的一面大镜一眼，喜波里特立刻把目光射落其中，去崇拜阿德拉伊特。所以，少女的小狡猾只有使两个人受到阻碍。跟勒塞额尔夫人（因为喜波里特糊里糊涂的给她加上这个家姓）谈话的时候，他就端详着客厅，不过是端正的，偷偷的端详罢了。他好容易才在一只充满灰烬火炉里看到铁制支木架的埃及人像。两块着火木就在那里设法在泥制假愚人之前集合，这只泥人也跟悭吝人的宝库似的被人谨慎的埋在地下。一张旧的乌布桑地毡仿佛伤兵的衣服似的经过很多的缝补，相当的古老，相当的破烂，盖不住一切的石片，石片的冷气都叫脚感觉得到。房墙的装饰品就是一张浅红的纸，象征着有黄色图案画的绸缎。在窗户对面的墙壁中央，喜波里特看见纸上有一道裂缝或一些裂痕，是一间卧室的门给产生的结果。勒塞额尔夫人无疑的就是在这间卧室里睡觉的。放在前面的一张安乐椅也没有好好的把这些裂痕盖住。壁炉对面，一个红木衣橱的上面（这衣橱的装饰既不缺乏富丽，也不缺乏趣味），就有一张一个高级军官的肖像。光线的柔弱不允许画家分别清楚到底是什么人的肖像，但是依照他所看到的一点一滴，他想这一张可怕的劣画一定是在中国画成的。窗户上的红色绸帘已经褪了颜色，就像是这间两用的小厅所有的饰有黄色和红色的刺绣的家具似的。在衣橱的云母石上，一块珍贵的孔雀石支持着一打左右的咖啡杯，都有伟大的图画，无疑的是施维尔工厂的出品。壁炉台上站着一架帝政时代的大摆钟，一个武士看守驾车的四匹马，车轮的每一条细干都带有时刻的数目字。烛台上的蜡烛都让烟给熏黄了；在框饰的每一个角落里，他都看见一只磁瓶，插着充满尘土和泡沫的假花。在房子的中央，喜波里特注意到一张预备好的牌桌和一些新牌。在一个观察家看来，在这种仿佛老太婆为着遮丑而涂脂抹粉似的穷苦的景象里有一种我也不知道是哪一类悲痛的成分。看了这景象一眼，任何有良知的人都会暗地里，先对自己得出这个两刀论法：这两位女人不是非常的廉洁，就是依靠阴谋诡计和赌博过活。但是，看了阿德拉伊特，像齐纳尔这样纯洁的一个年轻人就应当相信最完全的洁白无罪，而认为这家具的不调和有其最可怕的原因。

“女儿，”老太太对少女说，“我冷了，给我弄点火罢，给我拿围巾来。”

阿德拉伊特走到接连客厅的一间卧室里去；她无疑的就是在这里睡觉的。回来的时候，她给她的母亲带来一条羊毛围巾。如果这围巾是新的话，它就一定很值钱，因为上面是印度的图案；但是，事实上它却是旧的，没有新鲜的色泽，充满着折痕，和房里的家具正好相调和。勒塞额尔夫人非常艺术的围上了它，她的姿势带有一位想要使人相信她的实话的老太婆的狡猾。少女轻捷的跑到杂物堆那边去，带回一把柴，把它投进火炉，让它燃烧。

要转述这三个人物之间的谈话是相当困难的。在童年以来所尝味的不幸总要给他养成的机敏的指挥之下，喜波里特不敢让自己说出任何一句有关邻居的地位的话，因为他看到身边有一种掩遮不周到的拮据的征象。就是最简单的一个问题也可能是不小心的，也只应当为已有的友谊而说出。然而，画家深切的关心这被遮掩的穷相，他的仁慈的灵魂也因此而受到了苦楚；但是他知道任何种类的怜悯，甚至最亲切的怜悯，都可能有打击对方情绪的结果，他就觉得在他的思想和他的言词之间存在有一种惊扭的不调和。两位女人最初谈到图画，因为女人们猜想得出第一次访问给产生的秘密窘迫；也许她们也感受到这些窘迫，而她们的精神的天性也给她们供给万千源泉让她们去使它们停止。问到年轻人进行艺术工作的方法和他的研究的时候，阿德拉伊特和她的母亲懂得使他有胆量说话。她们的富有恩情的谈话的难于形容的细节都很自然的引导喜波里特说出可以描写他的风俗和灵魂的天性的几句话或思想。悲哀使老太太的脸孔早熟的萎靡了；这脸孔从前一定是很美丽的，但是现在却只留下一些突出的脸纹，轮廓，总之一句话，一个姿容的骨架，这骨架的整体表露一种伟大的精细，眼睛的流动富有雅致，在这眼睛里可以找到古代内宫妇女所特有的表情，任何的东西也不能够加以形容。这样精致，这样睿敏的脸纹也能够同样的表明恶劣的情绪，使人设想一个美丽灵魂的精细所揭露的女人的高度邪恶的诈伪和狡猾。事实上，这女人的脸孔在平凡的观察家看来有一种难于捉摸的成分，在那里，诚实和复杂，阴谋的才能和心灵的力量之间的区别是看不到的。赋有深刻眼光的人可以从一道线条多少弯，一只笑窝多少深，一块隆起的高低里猜出不可捉摸的色彩。对这种诊断法的欣赏完全是属于直觉的范围，只有直觉能够发现每一个人都愿意隐藏的东西。这位老太太的脸孔里有一种和她所居住的公寓相同的地方：要知道这穷苦到底包含有罪恶或是崇高的廉洁；这仿佛是和认识阿德拉伊特的母亲到底是惯于衡量一切，计算一切，出卖一切的老妖精，还是一个充满爱情，贵质和可爱的品性的女人同样困难的。但是，在齐纳尔的年纪，心灵的第一个动作总是往好的地方想。所以，端详了阿德拉伊特的高贵而几乎是傲慢的额头，看了她那一双充满灵魂和思想的眼睛，他就呼吸着（无妨这么说）品德的甜蜜朴素的香味。谈话当中，他找到机会谈到一般的肖像，使他能够有权利去研究这一张可怕的彩色铅笔画，画的一切颜色都褪了，大部分的粉都脱落了。

“太太，小姐，你们一定因为这张画是人像才维持它，不是吗？因为它的图案太可怕了。”他一边说，一边瞧着阿德拉伊特。

“它是在加尔各答很匆忙画成的，”老太太用感动的声音回答说。

她用非常不在意的态度瞧着这张不成样的画稿。这种态度是幸福的回忆被唤醒而如同给人所喜欢溺惑其间的新鲜印象灌上恩露似的落在心灵上面的时候所产生的；但是在老太太的脸孔表情里也有一些永远悲哀的痕迹。画家至少要设法解释他的女邻的态度和身姿，于是，他就走来坐在她身边。

“太太，”他说，“再过一些时候，这张彩色铅笔画的颜色就要脱光了。那时候，这肖像就只能够存在于您的记忆里。那时候，您能够看到您的珍贵人像的地方，别人可什么也看不见。您愿意让我把这人像搬到布上去吗？它一定要比在这张纸上更结实的着上。看在邻居的脸上，希望您赐我给您效劳的快乐。有的时候，一个艺术家喜欢放下他的大作品，而去做些比较不重要的工作，所以，让我重画这只人头对我是一种消遣。”

老太太听了这些话，不禁战栗了起来，阿德拉伊特朝着图画投去一道仿佛是从灵魂里迸射出来似的深思的目光。喜波里特愿意由于某种联系而属于他的两位邻居，采取能够参与她们的生活的权利。他用最激动的感情说出他的建议，这建议是他能够做到的唯一事情：它包含有艺术家的骄傲，而不会伤刺两位女人。勒塞额尔夫人接受他的建议，既不兴奋，也无遗憾，但却有伟大的灵魂所有的良心，这种灵魂懂得同类的义务给结上的联系的范围，而把它写成绚烂的颂词，尊敬的证据。

“我觉得，”画家说，“这一套制服是一位海军军官的制服，不是吗？”

“是的，”她说，“这是海军舰长的制服。我的丈夫鲁维尔先生在亚洲海岸遇到一只英国战船，跟它作战的时候受了伤，跟着就在巴达维亚死去了。他所指挥的中等战船有五十六门大炮，而复仇号却是一条装备九十六门大炮的战舰。这战斗是不平等的；但是他却这样勇敢的进行防卫战，结果一直维持到夜里，居然能够逃掉了。当我回到法兰西来的时候，波拿巴特①已经不在权了，人家拒绝给我赡养费。因为最后我又重新请求，部长就狠恶的对我说，如果鲁维尔男爵跟着贵族们一块儿移殖的话，他也就不会死去，今天他也一定当了海军少将了。总之，部长大人终于就拿对待失势者的我也不知道什么法律来反对我。我所以进行朋友们推促我去进行的这一步骤，只为的是我可怜的阿德拉伊特。我总不愿意拿悲痛的名义向人伸手求援，这种悲痛往往使女人失去声音和力量。我不喜欢这种对于无可补救的流血给加上的金钱上的估价……”

“妈妈，这种谈话题目总是使您伤痛。”

听了阿德拉伊特这一句话，鲁维尔·勒塞额尔男爵夫人就低下了头，保持寂静。

“先生，”少女对喜波里特说，“我相信画家的工作，一般的说，都是清静的，不是吗？”

听了这一句问话，喜波里特就开始脸红，回想到自己的喧噪。阿德拉伊特没有说完话，而拿几句撒谎来救援他，一边听到一辆车停在门口的声音就立刻站了起来；她走进自己的卧室，一忽儿又回来，手里拿着两个镀金的烛台，烛台上插着破损的蜡烛，她也就立刻点着了它们；她没有等到门铃响，就开了第一间房子的门，她就是把灯放在这间房子里的。接受和发出一个接吻的声音一直回响在喜波里特的心里。年轻人想要看看这样亲密对待阿德拉伊特的人的躁急没有立刻得到满足；来客们和少女低声谈话，他觉得这谈话的时间相当的长。最后，鲁维尔小姐又出现了，后

① 即拿破仑。

面跟着两个，他们的服装、姿仪和外观无疑的都是一部历史。第一个人约莫有六十岁的年纪，穿着那时候的统治者路易十八，我相信，所发明的衣服，在这种衣服里，最困难的制服问题已经由应当不朽的裁缝给加以解决了。这位艺术家准确的看到在这政治动荡的时代里成为一种天才的过渡的艺术。懂得判断他的时代，这难道不就是一种难能可贵的功绩吗？这一件衣服可能让今天的年轻人给看做一篇童话，它既不是文人的，也不是武人的，而能够轮流的做为武人的或文人的衣服用。绣好的百合花装饰着后面衣裾的卷起地方。镀金的钮扣也同样的饰以百合花。肩上的两只空着的隆起部分等着要求毫无用处的肩章。这两个军人的征象就仿佛是没有眉批的呈文似的摆在那里。在老人身上，这一身国王的蓝呢衣服的钮扣文饰着许多缎带。他无疑的总在手里拿着他那饰有金银线的三角帽，因为抹粉的头发的雪白的边缘并没有露出任何被帽子压平的痕迹。

他的姿仪表露年老的被迫移殖的贵族的忠诚坦白的品质，同时也揭示着放荡的轻浮的风俗，从前在风流韵事里这样驰名的剑客的快乐心情和无忧无虑的神色。他的姿势，他的行为，他的举止都宣示他既不愿意改变他的保王主义，也不愿意改变他的宗教信仰，他的爱情作风。

一个真正的怪物跟随着这个冒充的路易十四的精兵（这是波拿巴特派给王朝遗留下来的贵族所加的绰号）；但是为着更好的描写它起见，我们就必须把它当做图画的中心对象来描写，虽然它只是这图画的附带部分。请您想象一个既干枯又清瘦的人物，穿得跟第一个人一样，然而却只是后者的反射（无妨这样说），或鬼魂，如果您要这么说的话。在一个人身上，衣服是新的，但在另外一个人身上，它却是旧的，萎靡的。第二个人的头发上所抹的粉好像没有那么样的白，百合花的金光也没有那么样的绚烂，肩章的隆起部分更为悲惨和干涸，智慧更为薄弱，生命也比较第一个人更接近于末日。总之，他体现了李发罗尔①对仓塞纳②所说的这句话："这是我的月光。"他只是另外一个人的复本，苍白而穷苦的复本，因为在他们之间存在有第一次和末次石印校样之间的差别。这个哑巴老头儿在画家看来是一个神秘，而且永远是一个神秘。骑士，他是骑士，不说话，谁也不跟他说话。他是一个朋友，一个穷苦的亲戚，一个待在风流老头儿身边，仿佛一个女仆待在一位老太太身边的人吗？他所占据的是不是处在狗、鹦鹉和朋友之间的地位呢？他是不是曾经救过他的恩人的财产或生命呢？他是不是另外一位多比③上慰的特林④呢？而且，仿佛鲁维尔男爵夫人似的，他总是引起人家的好奇而从来也不加以满足。谁能够在复辟时代回想到革命之前联系这位骑士和他的一位朋友的妻子（已经死了二十年了）的情爱呢？

这两个残物之中显得最新鲜的人物风流潇洒的朝着鲁维尔男爵夫人走上前去，吻了她的手，坐在她旁边。另外一个鞠了一个躬，坐在他的典型附近，隔有两张椅子的距离。阿德拉伊特走来把肘子靠在老绅士所占据的靠椅的背上，无意中摹仿着格林⑤在他的名画里给迪当修女安置的姿势。虽然绅士的亲热是一位父亲的亲热，但是这时候，他的自由行动好像却使少女不愉快。

"唉，你跟我赌气吗？"他说。

然后，他就朝着齐纳尔投去一道充满精细狡猾的倾斜的目光，

---

① Rivarol（Antoine Rivaroli），法国的著名文学家兼新闻记者，1763年生，1801年卒。

② Champcenetz，法国极端保王党的新闻记者，1760年生，1794年卒。

③ Tobie，《圣经》里的人物。

④ Trim，同上。

⑤ Cuérin（Pierre-Narcisse），法国的著名画家，1774年生，1833年卒。

这是外交家的目光，它的表达揭露出那些看到一个陌生人就仿佛问自己“他是咱们的人吗?”的受有高等教养的人的谨慎的不安，合乎礼貌的好奇。

“您瞧我们的邻居，”老太太指着喜波里特对他说，“先生是一个著名的画家，您应当知道他的名字，虽然您对艺术不大在意。”

绅士清楚领会他的年老女朋友没有告诉他画家姓名的用心，就给年轻人致意。

“当然啰，”他说，“我听到很多人谈到他在上次展览会里的图画。天才有美好的特权，先生，”他瞧着艺术家的红色绶带，加上一句话说，“这种光荣，这种在我们方面必须拿流血和长期服务的代价去争取的光荣，你们年纪轻轻的就得到了；但是一切的光荣都是一样的，”他一边加上一句话说，一边伸手去摸他的圣路易十字勋章。

喜波里特格格不吐的说了几句道谢的话，又回到他的寂静态度里来，自满能够用一种越来越增长的同情心去欣赏使他迷惑的少女的美丽的头。一忽儿，他就在这欣赏里忘记了自己，不再想到住所的深长穷相。在他看来，阿德拉伊特的脸孔仿佛是浮现在一个光耀的气氛上面。他简单的回答人家问他的问题，他幸而能够听到这些问题，多谢有时候可以把我们的思想分做两半的一种灵魂的特殊机能。谁没有遇到沉没在一种情欲的或悲痛的默思里，从中听着生命自身的声音，而参加一种会谈或听讲的时刻呢？常常帮助我们忍受烦躁的可敬的二元现象！丰富而带笑的希望给他灌注万千的幸福，他不再想去观察身边的任何东西。他是一个充满信心的孩子，他觉得分析一种快乐是可耻的。过了一些时候，他发觉老太太和她的女儿跟老绅士打起牌来。至于老绅士的侍卫，忠实于鬼魂地位的侍卫，他就站在忙着打牌的他的朋友的背后，回答赌徒给他发来的一些无声的问话，赌徒是拿重复另外一个身姿的询问动作的表示赞同意见的小脸相来说话的。

“哈尔卡，我老输。”绅士说。

“您没有换好牌。”鲁维尔男爵夫人回答说。

“三个月了我连一次也没有赢过您。”他接着说。

“伯爵先生有吗?”老太太问。

“有。又是一牌。”他说。

“您要我教您吗?”阿德拉伊特说。

“不，不，站在我前面罢。小姑娘！没有看见你在面前，未免损失太大了。”

最后，牌打完了。绅士拿出钱包，取出两块金路易，投在桌毡上，不是没有幽默的说：

“四十佛郎，正正好等于两个金路易，”他说，“唉！好家伙！都十一点钟了。”

“都十一点钟了。”哑巴一边重复说，一边瞧着画家。

年轻人听了这一句比其他一切的话要清楚一些的话，就想到是退回去的时候了。回到俗世的时候，他就找到一些普通地方让他说话，向男爵夫人，她的女儿，两位陌生人致意，在真正爱情的初期幸福的袭击之下出门走了，没有设法分析这一个晚会的小事情。

第二天，年轻画家激起更强烈的欲望，要重新看到阿德拉伊特。如果他只听从他的感情，他就会一清早六点钟来到工作室的时候就走进他的女邻的家。然而他还有相当的理性，让他等到下午。但是，他一想到能够到鲁维尔夫人家里去，就下来，按了门铃，不是没有心脏的强烈的跳动；他仿佛一位少女似的红着脸，懦怯的向出来替他开门的勒塞额尔小姐问到鲁维尔男爵的肖像。

“可是您就进来罢，”阿德拉伊特对他说，她无疑的听见他从工作室下楼。

画家跟着走，一身的羞愧，手足失措，不知道说什么好，因为幸福使他变成愚笨。想了一早晨要挨近她之后，起来一百次，嘴里说“我下去!”而并没有下去之后，看看阿德拉伊特，听听她的袍子的响声，这在他看来就等于丰富的生活，丰富到可以由于过分延长的情感而会破碎他的灵魂的地步。心灵有一种奇怪的力量，可以为着一些琐事而献出非凡的代价。在一个旅行家看来，采集一根草屑，一张不认识的树叶，如果在这搜集里他曾拿生命去冒险的话，这难道不是一种快乐吗？爱情的琐事就是这样的。老太太没有在客厅里。少女一个人跟画家在一起的时候，她就搬来一张椅子去取肖像；但是，发觉不是把脚踩在衣橱上就不能够从钩上脱下它的时候，她就转过身来，朝着喜波里特，红着脸对他说：

“我不够高。您取去好吗?”

她的姿势和声调所表露的贞洁感觉是她的请求的真正动机，了解她这动机的年轻人就给她投去一道睿慧的眼色，这是最为温和的爱情语言。看出画家猜透了她的用意，阿德拉伊特就拿一个骄傲的动作低下了眼睛，这种骄傲的秘密是处女们所有的。几乎受到恐吓的画家找不到一句话说，他于是就取了图画，拿它朝着窗户附近的光线里去严肃的察视，而走了，没有说其他的话，只对勒塞额尔小姐说了一声：“我不久就还给您。”在这一转瞬之间，两个人都感觉到强烈的震动，这震动的效果能够在灵魂里跟投石湖底所产生的效果一样。最甜蜜的思考前后接踵的产生，它们都是不可形容的，互相交错的，没有目的，仿佛石落水中所产生的长期的一团一团的波纹皱痕似的激动心田。喜波里特带了这幅肖像回到他的工作室里来。他的架子已经装上一块布料，一块装有颜料的调色板；画笔已经洗涤干净了，地方和光线都选择好了。所以，一直到吃晚饭的时候为止，他都用艺术家所有的呈意的热情画着肖像。当天晚上他又到鲁维尔男爵夫人家里来，从九点钟待到十一点。除了谈话的题材不同之外，这一夜的晚会都跟前夜的晚会非常相像。两个老头儿在同样的时刻到来，大家同样的打毕克牌，赌徒们说出同样的话，阿德拉伊特的朋友所输的数目也和前夜同样的可观；只有略为大胆一些的喜波里特居然敢于跟少女攀谈。

一星期的光景就这样的过去了；在这期间，画家和阿德拉伊特的情感都有这种引导灵魂完全契合的甘美的缓慢变化。所以，阿德拉伊特拿来欢迎她的朋友的目光就一天胜似一天的变成更亲切的，更有信任的，更快乐的，更坦白的；她的声音，她的举动也有某种更为润滑，更为亲昵的成分。齐纳尔愿望学习打毕克牌。他是无知的初出茅芦的学徒，所以，他就自然而然的一课一课的学习；跟老头儿一样，他每天晚上都输钱。虽然两位情人还没有彼此宣布爱情，然而他们都明白彼此是互相隶属的。两个人都笑着，说着，互相交换思想，拿小孩子们在一天光景内就交上朋友的天真态度谈到他们自己，仿佛他们已经互相见面三年似的。喜波里特以能够对他的懦怯的女朋友施展权力为喜。阿德拉伊特又恐惧，又忠诚，她对他做下许多退让，她受了最笨拙的情人或最天真的少女常常拿来应用而发明的赌气的欺骗，这种赌气就像放纵惯了的儿童滥用母亲的爱护所给他们贡献的力量似的。于是，整个的亲昵就在老伯爵和阿德拉伊特之间立刻停止存在了。少女自然而然的在老头儿没有礼貌的吻她的手或她的颈项的时候画家所说的几句话的急躁的声音里，懂得他的悲哀和他额头的皱纹里所隐蔽的思想。在她一方面，勒塞额尔小姐不久就严厉的追问她的情人关于他的一切行动：喜波里特不来的时候，她就非常的不幸，非常的忧愁；她懂得厉声斥责他不来，画家甚至都只好放弃拜访朋友，断绝与人来往。阿德拉伊特打听出有的时候，十一点钟离开鲁维尔夫人家里的时候，画家还出去串门，还跑到巴黎最出色的沙龙里去，就生出女人们所有的妒忌心。根据她的意见，这种生活方式对健康有害处；然后，她就拿被爱的人的声调，姿势和眼色使其有力量的深刻的信心主张说："一个需要为许多妇女浪费时间和精力的男人不能够是强烈爱情的对象。"画家于是就被感情的压制和爱恋的少女的要求而只生活在这个小公寓里，公寓的一切都使他快乐。总之，任何的爱情从来也没有这样的纯洁，这样的热烈。在彼此之间，同样的信心，同样的细致就使这感情在许多人都要拿来证明爱情的牺牲自己的互相里增长了。在他们之间存在有一种这样温柔的感觉的继续交换，他们甚至于都不知道两人之间谁给得多或谁接受得多。一种不由自主的倾向使他们的灵魂结合总是紧密的。真情的发展是这样快速的，使画家认识阿德拉伊特的意外事故之后两个月，他们的生活甚至于都变成了同一个生活。大亮之后，听见画家步声的少女能够对自己说："他就在那儿！"喜波里特吃晚饭的时候要回到母亲家里去的当儿，从来也没有忘记来给他的两位女邻致意；晚上，他就在习惯了的时刻里拿情人的准时风俗跑来。在爱情方面最专横而最有野心的女人也不会对年轻的画家有什么责难。所以，阿德拉伊特看到自己整个的实现了她这年龄所自然梦幻的理想，就尝味着一种没有掺杂任何其他东西的无边的幸福。老绅士没有那么常来，有妒忌心的喜波里特晚上代替了他，坐上赌桌，老是输钱。然而，在幸福场中，想到鲁维尔夫人的悲惨的景况（因为他得到了不只一个可以证明她的悲惨的证据），他却被一种讨厌的思想给抓住了。

他已经好几天在回家的时候对自己说：

“怎么！每天晚上二十佛郎吗？”

他不敢对自己承认这个可恨的怀疑。他花了两个月的工夫去画肖像，而把它画完，加过漆，镶过框子的时候，就把它看做是自己的一个最优美的作品。鲁维尔男爵夫人不再跟他谈到它。这是不在意呢，还是骄傲呢？画家不愿意解释这缄默。他和阿德拉伊特共同快乐的阴谋，要把这张肖像在鲁维尔夫人出门的时候给挂上。所以，有一天，正当她的母亲照例到杜伊勒利花园去散步的时候，阿德拉伊特就一个人第一次登楼到喜波里特的工作室里来，藉口说要在进行绘画的合适的光线里来看这肖像。她保持缄默，一动也不动的受到一个甜蜜的欣赏的擒获，在这欣赏里，一切的女人情绪都结合成一个单一的感情。这些情绪不是都归结成对被爱的男人的崇拜吗？正当因为这缄默而感到不安的画家斜过头来看着少女的时候，她就给他伸过手，没有能够说一句话；但是，两颗泪珠却从她的眼里落下；喜波里特握住这只手，吻着它，他们彼此缄默的瞧视了一些时候，两个人都愿意供认爱情，然而却都不敢说出口来。画家把阿德拉伊特的手握在自己手里；同样的热气，同样的动作就让他们知道他们的心脏都同样强烈的跳动。少女过分的受到感动，她慢慢的离开了喜波里特，对他投去一道充满天真性质的目光，而说：

“您要使我的母亲非常的幸福!”

“怎么！只您母亲吗?”他问。

“噢！我，我已经太幸福了。”

画家低下头，保持缄默，他让这句话的声调给他在心里激起的强烈情绪吓住了。两个人都懂得这景况的危险性，于是，他们就下楼，把肖像给挂上。喜波里特第一次跟男爵夫人一同吃晚饭，男爵夫人大受感动，满面流泪的想要抱吻他。晚上，鲁维尔男爵的旧朋友，被迫移殖的老贵族，来拜访他的两位女朋友，告诉她们他刚受命为海军中将。横渡德意志和俄罗斯的他的陆地行军被人计算为海上的征战。看了肖像一眼，他就诚恳的紧握画家的手，而喊道：

“一定的！虽然我的老骨头不值得保留，我却可以拿出五千毕斯多尔[①]，让我看看我的肖像也跟我的老鲁维尔的肖像似的。”

听了这个建议，男爵夫人就瞧了瞧她的朋友，微微的一笑，让一种感恩的标志表现在她的脸孔上。喜波里特相信猜透老海军中将是要在付清他自己一张肖像的价钱里给他送来两张肖像的代价。艺术家的骄傲，也许也有他的妒忌心，对这思想发怒，于是，他就回答说：

“先生，要是我画了那一张肖像的话，我却不会画这一张。”

海军中将咬着嘴唇，开始赌博。画家留在阿德拉伊特附近；少女对他建议打六把毕克牌；他接受了。玩牌的时候，他发现鲁维尔夫人对打牌有一种让他惊惧的狂热。这位老男爵夫人从来也还没有表现过这样急欲赢钱，或是这样的领取绅士的金币而狂喜。在这晚会里，恶劣的狐疑扰搅了喜波里特的幸福，使他怀疑。

① 法国古币，每一个毕斯多尔合十佛郎。

那末，鲁维尔夫人就靠赌钱过活吗？这时候，她是为着还清什么欠债或是被什么需要所逼而赌钱吗？也许她还没有付清房租。老头儿仿佛是相当的精明，不会让人家毫无后患的拿走他的钱。利益把他引到这穷苦的家里来，他这富翁！从前在阿德拉伊特身边那样的亲热，为什么他就放弃了已经得到而且也许是已经尽了义务的不拘礼仪的举止呢？这些不由自主的思考激动他去观察男爵夫人，男爵夫人的聪明气度和他对阿德拉伊特跟他射来的某些倾斜的目光都使他厌腻。“人家骗了我吗？”这是喜波里特的最后的，可怕的，令人羞愧的思想。他相信这思想的程度正好够得让他受到它的折磨。他想要在两位老头儿走了之后留下让他证实或消除他的狐疑。他拿出钱包，去给阿德拉伊特付钱；但是，因为被刺人的思想所激动，他就把钱包放在桌子上，堕进一种没有延续多少时候的梦境里；然后，觉得自己的缄默的可耻，他就站了起来，回答了鲁维尔夫人的一句平常的寒暄，走到他附近，使他能够一边谈话一边更好的细究她的脸孔。他在万千疑虑的袭击之下走了。走下几个层级的时候，他又回头去拿他所忘记了的钱包。

“我把我的钱包丢在您这儿，”他对少女说。

“没有。”她红着脸回答说。

“我相信我把它搁在那儿。”他指着牌桌，接着说。

要是阿德拉伊特和男爵夫人没有看见它在那儿，那才是她们的耻辱。他拿愚笨的神色瞧着她们，都使她们发笑，于是他就脸色发青，摸着他的背心，接着说：

“我弄错了，我无疑的有这钱包。”

这钱包的一边有十五个金路易，另外一边有一些零钱。这偷窃是这样的当场被发觉，这样的无耻的被否认，喜波里特对两位女邻居的道德再也没有疑问了。他停留在楼梯里，苦痛的走下楼去；他的脚颤抖着，他脑袋眩晕，他流汗，他发冷，而失去走动的能力，和由于一切希望的推翻而造成的残酷的错乱相斗争。自这时刻起，他就在他的记忆里钩出许多表面看来无足轻重，而证实他的可怕狐疑的观察，这些观察给他证明这最后一个事实的现实性，使他朝着这两位女人的性格和生活睁开眼睛。她们是不是等着给了肖像再来偷这钱包呢？这样设计的偷窃似乎是更令人怀恨的。画家不幸的回想到两三夜以来，阿德拉伊特仿佛在运用少女的好奇心去研究用旧了钱包丝网当中，竟要看准存放在钱包里的钱财，表面上跟他纯洁天真的开玩笑，其实无疑的是要侦伺有相当大的数目让她偷窃的时刻。

“老将军不娶阿德拉伊特也许是有高明的理由的，那末，男爵夫人大约是设法要我……”

想到这个假设，他就打住了，没有结束这个思想，因为这思想被一道相当正确的思考给破坏了：

“要是男爵夫人希望我跟她的女儿结婚，”她想，“她就不会偷我的。”

然后，为着不放弃他的幻想，不放弃已经这样结实生了根的爱情起见，他就设法寻找一个轻率的解释。

“我的钱包一定是掉在地下，”他对自己说，“它一定是待在我的靠椅上。我也许已经拿了这钱包，我太分心了！”

他用快速的动作搜索，但却找不到这令人咒诅的钱包。不时不时的，残暴的记忆又让他追溯这惨痛的事实。他看得清清楚楚他的钱包搁在牌桌上；但是，确信是偷窃之后，他就宽恕阿德拉伊特，而对自己说人们不应当这么快的判断不幸的人。在这种这样腐化的行为里一定有一个秘密。他不愿意相信这只这样骄傲高贵的面容是一个撒谎。然而，这个这样穷苦的公寓在他看来却显得没有了可以美化一切的爱情的诗意；他看见它是污脏而萎靡的，他认为它是一种没有贵质的，空虚的，罪恶的内部生活的代表。

我们的情绪不是可以说是描写在围绕我们身边的事物上面吗？他没有能够睡觉，第二天清早就起床。心灵的苦痛，这种精神上的严重病症，在他身上大为增长。损失一个梦想过的幸福，放弃整个的将来，这是一种比较因为毁灭感受的幸福（无论它曾经是如何的完全）而生的悲痛还要尖刻的悲痛：希望不是要比回忆好一些吗？让我们的灵魂失落其间的默思就像是我们能够在中间游泳一些时候而使我们的爱情沉没消灭其中的无边洋海。这而且是一种可怕的死法。情绪难道不是我们生命之中最光焕的部分吗？在某些组织脆弱或坚强的人身上，随着这种部分的死亡就来了觉悟，希望和受欺的情感所产生的疯狂。年轻画家的情形就是这样的。他一大清早就出门，到杜伊勒利花园的新鲜树荫下去散步，被他的思想所吸收，而忘记了世界上的一切。在那里，他偶然遇到了一位最亲密的朋友，一位既是学校的同学，又是工作室的同工的朋友。他跟这位朋友生活在一起要比兄弟同居还要和睦。

“唉！喜波里特，您怎么啦？”苏赤·佛兰苏对他说。这位朋友是一个刚刚得到一笔大奖金而不久就应当到意大利去的雕刻家。

“我太不幸了。”喜波里特沉重的回答说。

“只有心灵的事情能够使你悲哀。金钱，光荣，地位，你什么也不缺乏。”

不知不觉之间，开始说心话，画家承认他的爱情。正当他谈到苏尔斯尼街和一位住在第五层楼的少女的时候，苏赤就快乐的喊道：

“别说啦！这是我每天早晨在阿桑西恩教会留养所看到的小女孩儿，而且我还吊她的膀子呢。可是，亲爱的，我们大家都认识她。她的母亲是一个男爵夫人！你相信男爵夫人们会住在五层楼吗？嘿！好，你是一个黄金时代的男子。我们每天在这里，在这花径里，都看到这位老母亲；但是她可有一副脸孔，一种品貌，可以说明一切。怎么！你都没有猜出她拿提包的样子吗?”

两位朋友散步了好久，许多认识苏赤或齐纳尔的年轻人都来和他们凑在一块儿。被认为无关紧要的画家的冒险故事就由雕刻家说给他们听了。

“而且他，”他说，“他也看见这个小女孩儿!”

这是谈笑和印有画家们所熟识的快乐痕迹的天真的打趣，但是它却使喜波里特大为苦痛。某种灵魂的贞洁使他看到自己心灵的神秘被人这样轻浮的对待，他的感情被破毁，被撕成碎片的时候，他就未免觉得不舒服。生活显得这样朴素的陌生少女却让人家毫不在意的加上真假的判断。他装做被一种矛盾的精神所动的神气，严肃的要求每一个人说出他的断语的证据，然而打趣又开始了。

“可是，亲爱的朋友，你看见男爵夫人的围巾吗?”苏赤说。

“小女孩儿早上快步走到阿桑西恩去的时候，你跟在她后面吗?”布里都·约瑟说。布里都是克罗斯工作室的年轻的笨拙画家。

“啊！在其他的德性之间，她的母亲有某一种灰色的袍子，在我看来，这袍子是一个典型，”讽刺画作家毕克西乌说。

“你听，喜波里特，”雕刻家接着说，“请你四点钟左右到这里来，而且分析分析这母亲和这女儿的步伐。要是这样之后，你有了怀疑，那末，人家也对你无可奈何：你就能够娶门房的女儿了!”

在矛盾情绪的袭击之下，画家离开了朋友们。阿德拉伊特和她的母亲在他看来似乎应当不是这些诽谤所说的情形，他在心灵深处懊悔不该狐疑这位这样美丽，这样单纯的少女的廉洁。他到他的工作室里来，路上经过阿德拉伊特所居住的公寓的门前，心里感到任何人也不会错认的苦痛。他这样热情的爱恋鲁维尔小姐，虽然偷了他的钱包，他也还崇拜她。她的爱情是格里欧骑士一直等到情妇让人架在押运堕落的女人们到监狱里去的囚车上为止都崇拜她而把她看成纯洁的那种爱情。

“为什么我的爱情就不会使她变成最纯洁的女人呢？为什么看到她的短处和罪过就抛弃了她而不给她伸出朋友的援助的手呢？”

这使命使他喜悦。爱情使一切都得到益处。任何事情也不会比在一个女人身边当功臣更能引诱一个年轻人。在这种激发的灵魂所有的事业里，存在有我也不知道是哪一种浪漫的成分。这难道不是最高尚，最优美，最广阔的忠诚吗？知道一个人有足够 的爱情使他在对方的爱情已经熄灭死亡的时候还能够爱她，这难道没有一些伟大的成分吗？喜波里特坐在他的工作室里，瞧着他的图画而不涂抹，只透过眼里流转的泪珠看到其中的人物，总是把画笔握在手里，朝着画布向前走去，仿佛要抹淡颜色，而没有动笔。就在这种态度里，黑夜来临而惊动了他。黑夜把他从梦幻里唤醒，他下楼，在楼梯里遇到了老海军中将，一边向他致意，一边给他投去一道暗淡的眼色，逃走了。他有意走进女邻的房间，但是看了阿德拉伊特的保护人，心里就凉了半截，打消了他的决心。他第一百次问自己什么兴趣能够引诱这位每年收租八万佛郎的老富翁每天晚上到这第五层楼来输四十佛郎左右；他相信他猜出了这兴趣。第二天和随着而来的几天，喜波里特投身于工作，想要拿思想的牵引和观念的奋激来打退他的爱情。他一半的成功了。研究的工作安慰了他，然而还不能够窒息创建对他在阿德拉伊特身边消磨的迷人的时刻的回忆。一天晚上，离开工作室的时候，他发现两位女人的房门半开着。一个人站在那里，留在窗口。房门和楼梯的位置不允许画家走过而看不见阿德拉伊特：他冷冷的向她致意，给她投去一道毫不关心的眼色。但是，断定少女是为着他的悲痛而悲痛，他心里不禁发出颤栗，想到这眼色和这冷漠会给一颗爱恋的心灵投去的辛酸。拿一星期的冷淡，最深刻最完全的轻蔑给盖在两只纯洁灵魂所享受的温柔的快乐之上！……可怕的结局！也许钱包已经找到了，也许阿德拉伊特每天晚上都在等着她的朋友。这样单纯，这样自然的思想又使情人悔恨；他自问少女是不是给他证明了她的深情，使他迷恋印有爱情痕迹的醉人的闲谈至少是不是值得让他进行一次查询，值得他做一个解释。拒绝心灵的愿望一个星期，这是可耻的；他觉得自己几乎是这斗争的罪犯，当天晚上就到鲁维尔夫人家里来。他的一切狐疑，他的一切恶劣思想，一看到少女的惨白消瘦的景象，就消失了。

“唉，好家伙，您怎么啦？”向男爵夫人行礼之后，他就对她说。

阿德拉伊特没有回答，但却给他投来一道充满哀怨的目光，使他生痛的一道悲痛的，失望的目光。

“您一定做了很多工作，”老太太说，“您都变了样子。我们就是您所以隐伏的原因。这张肖像一定耽误了可以叫您出名的几张重要的图画。”

喜波里特很高兴能够对他的无礼找到这么好的解释。

“是的，”他说，“我太忙了；但是我苦痛……”

听了这句话，阿德拉伊特就仰起头来，瞧着她的情人，忧愁的眼色已经不再责骂他了。

“所以，您认为我们对您的幸福或不幸都是漠不关心的吗？”老太太说。

“我错了，”他接着说。“可是，人们总有这种不可以对任何人说的苦痛，甚至于不能够对有长期交情，比你们使我增光的交情还要长期的交情的人说的苦痛……”

“友谊的诚实和强弱不应当拿时间来测量。我看见过许多老朋友都没有在我们的不幸里流过一滴泪。”男爵夫人摇摇头说。

“可是，您怎么啦？”年轻人对阿德拉伊特说。

“噢！没有什么，”男爵夫人回答说。“阿德拉伊特花了几夜做完一件女红，我对她说多一天或少一天都没有什么关系的时候，她总不愿意听我的话……”

喜波里特不再听下去。看到这两个人物这样的高贵镇静，他就觉得自己的狐疑是耻愧，而认为他的钱包是因为某种还没有知道的偶然事故而丢掉了的。这一夜对他是甘美的，也许对她也是甘美的。世间上存在有年轻的灵魂了解清楚的秘密！阿德拉伊特猜透了喜波里特的思想。画家不愿意承认自己的错误，但却认识到它，他显得更爱恋更多情的样子回到情妇这边来，设法来换回一个默许的宽恩。阿德拉伊特尝味着这样完美，这样温柔的快乐，她觉得拿这样残酷折磨她的灵魂的不幸来交换这些快乐并不为过。然而，彼此心灵的这样真挚的和协，这样充满巫术性质的契合却被鲁维尔男爵夫人的一句话给扰搅了。

“咱们打小牌吗？”她说，“因为我的老客尔迦露埃要抵抗我。”

这句话唤起了年轻画家的一切恐惧。他红着脸瞧着阿德拉伊特的母亲；但是他却只在这脸孔上看到没有虚伪的善良的表情：任何的愿意都不能够破坏这表情的迷人的性质，它的精细并没有欺诈的成分；它的狡猾仿佛是温柔的，任何的悔恨也没有改变它的镇静。于是，他就坐上了牌桌。阿德拉伊特愿意分担画家的命运，她冒充说他不懂得毕克牌，需要一个牌伴。鲁维尔夫人和她的女儿打牌的时候互通暗号，使画家赢得多少钱就有多少疑虑。但是，结局的时候，最后的一牌使两位情人变成了男爵夫人的债务人。画家想要探进袴袋找些小钱的时候，忽然从桌子上面缩回他的手，而看见在他面前有一只阿德拉伊特没有让他瞧见给溜过去的钱包。可怜的孩子手里拿着旧的，态度自如的忙着从中找些钱来付还她的母亲。喜波里特的一切血液这样强烈的流入他的心脏，他甚至于都几乎失去了知觉。里面存有他的十五个金路易的新钱包代替了他的钱包，绣满金珠、活环和流苏，一切的一切都证明阿德拉伊特的高级趣味，她无疑的已经费尽了她的贮蓄来装饰这只迷人的女红。我们不可能用更精致的话来说画家的赠与只能够由情谊的证据来补偿。极端欣喜的喜波里特转过眼睛瞧着阿德拉伊特和男爵夫人，他看见她们因为快乐而发抖，因为这种可爱的愚弄而觉得幸福。他发现自己是渺小的，卑劣的，不谙世故的；他希望能够自己刑罚自己：撕破自己的心。几滴泪珠涌上了他的眼睛，他用一种无可抵抗的动作站了起来，把阿德拉伊特抱在怀里，紧紧的叫她靠近他的心坎，用强力对她接了一吻；然后，他就拿艺术家的善意，瞧着男爵夫人，喊道：

“我请求您让我娶她！”

阿德拉伊特朝着画家投去半怒的目光，而略为惊愕的鲁维尔夫人正要找话来回答的时候，这一个幕景就让门铃的响声给打断了。老海军中将出现了，后面跟着他的鬼魂和齐纳尔夫人。猜出孩子没有能够设法隐瞒她的悲哀的原因之后，喜波里特的母亲就向她的几个朋友打听阿德拉伊特。她正好让那些在客尔迦露埃伯爵背后给压在这个少女身上的诽谤惊动了，她就走去告诉海军中将（他的姓名是由门房的妻子告诉她的）。中将大怒，他说他“要割断这些无赖的耳朵”。在愤怒的激动之下，中将告诉齐纳尔夫人他在赌桌上自愿输钱的秘密，因为男爵夫人的骄傲只允许他用这种巧妙的方法来救济她。

齐纳尔夫人给鲁维尔夫人行礼致敬之后，这后者就瞧着客尔迦露埃伯爵，哈尔卡骑士，已故的客尔迦露埃伯爵夫人的旧朋友，喜波里特，阿德拉伊特，而用心灵的韵致说：

“今天晚上，我们仿佛是在家庭里。”

一八三二年五月于巴黎

无神论者做弥撒

献　　给

布尔志·奥古斯特

你的朋友

德·巴尔扎克

毕安仓大夫是发明生理学上一个重要理论的医生，他虽然年纪还很轻，却已经在全欧洲的医生们所敬重的医学中心巴黎大学医学院的名人里占有一个地位。他在研究内科之前久已实践外科的工作。他的初期学习是受法兰西一个最伟大的外科医生著名的德斯布兰的指导。德斯布兰实在是科学界的一颗明星。他在敌人的愿望之下，把一个不可传授的医术埋藏在坟墓里。正如一切的天才似的，他也没有承继人：他带走了一切的东西。外科医生的光荣有点像演员的光荣；活着的时候，他们才有他们的存在，死了的时候，他们的才能也就不再为人所欣赏了。演员和外科医生跟伟大的歌咏家，施展音乐的力量而倍加出头的精通音律的人一样，都是一时的豪杰。德斯布兰证明了这暂时的天才之间所有的共同之点。他的名声昨天这样的辉煌，今天却几乎被人忘记了；这名声只存在于他的专门学界里，不能越出雷池一步。但是要一个学者的名望从科学领域进入人类的一般历史不是得有特殊的环境吗？德斯布兰是不是有这一种可以使一个人成为世纪的发言人和世纪的代表人的丰富的一般知识呢？德斯布兰有尖锐的目光：他可以用一种学习得来或天生所有的直觉去透视病人和病症，让他能够诊断个人的特殊病况，决定在正确的时刻施行手术，留心特殊的气候环境。这样的跟自然界相伴而行，他是不是曾经研究过人类和大气所包含的元素或大地供给人类而由人类吸收准备从中抽取特殊表达的元质之间的不断的联系呢？他也有居维尔的天才所发明的演绎和类推的力量吗？无论如何，这个人总算是皮肉的知己了，他从皮肉的现况里，清楚地知道它的过去和将来。但是，他也跟喜波克拉特、卡莲、亚里斯多德一样集一切的科学于一身吗？他领导过整个的学派走向新的世界去吗？没有。如果我们不能够对这人类化学的经常观察家否认古代波斯教的科学（认识混合的原理，生命的原因，未生之前的生命，生命存在之前的一切准备），不幸得很，我们却得承认他身上的一切都是个人的：个人主义使他的生活孤独，个人主义杀害了他今天的光荣。他的墓上并没有建立一个可以对后世述说他的天才让他牺牲自己去寻找的神秘的威严的塑像。但是德斯布兰的才能也许跟他的信仰有连带的关系，结果也就成了他的致命伤。他认为地上的大空是一个干燥的发动机：他以为地球就像是壳里的鸡蛋似的，而不知道是鸡生蛋，还是蛋生鸡，他既不承认雄鸡，也不承认鸡蛋。他既不相信人类之前的动物，也不相信人类之后的精神。德斯布兰并没有任何的怀疑，他肯定他的思想。他的无神论就像许多世上超等学者的无神论似的纯洁率真。这些人都是无从说服的无神论者，正如宗教家不承认能够有无神论者似的坚定的无神论者。这种意见在一个自幼惯于解剖人体，用一切的仪器去发掘而找不到独一的灵魂的人方面，实在是不足为奇的。（独一灵魂的存在是宗教家的必要理论。）他在人体里认识了一个脑中枢，一个神经中枢和一个血气中枢，前二者互相弥补得这样的巧妙，晚年的时候他甚至于都确信听觉并不是听闻所必要的，视觉也不是察视所必要的，神经系统的错综就可以代替它们，而且确是如此；德斯布兰发现人类有两个灵魂，就据此去证实他的无神论，虽然他还没有对上帝妄加判断。人家说他跟许多天才一样，不幸的死在最后的执迷不悟里，虽然上帝能够宽恕这些人。

这个伟人的生活有许多小器量的地方，依据想尽方法去消除他的光荣的敌人所用的字眼来说，但是我们还是拿外表的矛盾来说明它，比较的更为得体。妒忌的人或幼稚的人并不认识超等人物的坚毅，他们就用表面上的矛盾来写断案，要人家暂时依据这断案去批判。如果将来的成功褒赏了受攻击的计划，证明了预计和结果的关联，先前的诽谤多少都还留存一部分。所以，现在的人还责难拿破仑到英吉利去招展他的鹰翼；我们得拿 1822 年[①]去解释 1804 年和布仑的平底船[②]。

在德斯布兰身上，他的光荣和科学都是无从攻击的；他的敌人们于是就批评他的脾气和性格，然而他也的确赋有英吉利人所谓的这种 Excentricity（古怪）的性质。有的时候穿得跟悲剧诗人克礼比恩[③]一样，表面看来酸涩悭吝，然而却能够给亡命的老师们送去他的财产，让他们享用几天，任何人也不能够像他这样的给人感应矛盾的批评。他虽然能干，但却希望能够得到医生们不应当冀求的黑色绶带，让一本祈祷书在宫里从他的口袋落在地下。您可以相信他是到处跟自己开玩笑的；他在人们所有的最严肃最卑鄙的行为里从头到尾的观察人们，惊讶的发现人们的真正表情之后，就对人们生有一种深刻的轻蔑的心情。一个伟人的性格往往是休戚相关的。如果这些巨人之中有一个占有比聪明还要强大的能力的人，他也还要比一个让人家简单称赞一声“这个人有点聪明”的人更聪明。一切的天才都假定有个精神的观点，这观点能够应用在某种专门学问上；但是看到花朵的人也应当看到太阳。听一位被他治愈的外交家问：“皇上圣躬如何?”接着就回答说：

---

① 拿破仑以 1821 年卒。

② 拿翁因与英吉利龃龉，是年建立布仑军。

③ Crébillon 是十八世纪法兰西的悲剧诗人。

“大人回来了，复元了！”的人，这种人绝不只是外科医生或内科医生，他同时也是一个非常聪明的人。所以，一位耐心注意的观察家可以赞同德斯布兰的过分野心，跟他自己似的相信他可以跟当外科医生一样胜任的当个伟大的大臣。

德斯布兰的生活给同时的人供给许多哑谜。在这些哑谜之中，我们选了一个最有趣味的，因为这个谜可以在本篇故事的结局上给揭破出来，而用某些责难来对他报复。

德斯布兰在医院里所有的生徒之中，毕安仓·霍拉斯可以说是他所喜欢的一个了。毕安仓·霍拉斯到市立医院来实习之前，是个内科学生，住在拉丁区有名的穷宿舍芜格学舍里。这位穷苦的年轻人在那里感觉到极端贫困的打击，这是一种可以使大天才从中仿佛钻石似的纯洁清廉的出来，炼成经得起一切袭击而不至于破损的坚强性格的冶炉。在他们的豪放情感的烈火熏陶之下，他们都学会一种最不能变易的廉洁，养成一种等待天才的奋斗的习惯，用经常的工作去捆扎他们的错误的贪欲。霍拉斯是一个正直的青年，他不能够在名誉的问题上犹豫，一句话也不说的面对着事实，等着为他的朋友把他的外衣寄藏在当铺里，正如为他们而贡献他的时间、他的勤劳似的。总之，霍拉斯是个不考虑可以从送给人家的东西里换回多少东西，确信可以从别人的地方收到比自己所贡献的还要多的报答的朋友。他的大部分朋友都对他有一种素朴的道德所感应的内心的尊敬，其中颇有几个人都把他看成畏友。但是霍拉斯并没有拿村学究的气味去施展他的性格。他既不是清教徒，也不是喜欢训诲别人的人，然而给人家劝告的时候，他却发誓他是好意的，遇有机会的时候，他也愿意请人家吃一顿“大荤”。他是一个好伴侣，并不比胸甲骑兵更虚伪，他是圆滑而诚挚的，并不像一个水兵，因为现今的水兵是狡猾的外交家。像一个“无事不可对人言”的勇敢的青年似的，他都昂着头，带着快乐的思想走路。总之，我们可以用一句话来表达一切，而说霍拉斯是不只有一个奥勒斯特的一个毕拉德①；现今的债权人就是古代夫利人的逼真图像。他非常快乐的安贫，这种快乐也许就是伟大的勇敢成分。正如一切一无所有的人似的，他也没有借过什么债。他跟骆驼似的质朴，麋鹿似的机敏，他的思想和行为都是十分坚毅的。自从著名的外科医生证实了毕安仓·霍拉斯大夫的优劣点对朋友们都有益处的日子起，毕安仓就开始他的幸福生活。外科主任对一位青年另眼相看的时候，这位青年，正如人家所说的，就一帆风顺了。德斯布兰少不了带毕安仓到富豪里去当他的助手，实习生的肚兜里也就可以落下一些赏金，这位外省的青年也就可以在那里不知不觉的看到许多巴黎生活的神秘。德斯布兰看病的时候就把毕安仓留在他的诊病室里，给他帮忙；有的时候，他甚至于都派他去陪富裕的病人到海滨或湖沼区去养病。总之，他给他预先介绍主顾。结果，在相当时间之内，这个外科大王都有一个参谋。这两个人，一个得到了光荣，到达了科学的最高峰，享有大富和盛名，一个是卑贱的徒弟，既没有财产，也没有名望，他们就成为了知交。伟大的德斯布兰对他的实习生说一切的话；实习生清楚知道某一位女人到底坐在老师附近的一张平常的椅子上还是坐在诊病室里德斯布兰拿来睡觉的那一张著名的安乐椅上：毕安仓知道了这猛狮和雄牛似的癖性的秘密，这癖性终于格外的放大了这个伟人的胸脯，发展了他的心脏而使他丧命。他研究了这忙迫的生活的怪异成分，这卑鄙的悭吝的计划，这学者心里所隐藏的政客的希望；他预先看到等待这只古铜色的心所隐埋的唯

① Oreste和Pylade都是神话里的人物，两个至好的朋友。前者因为父亲为母亲所毒害，特为父复仇，与其妹共同杀死母亲，为夫利人所追赶，逃亡外地，卒成为国王，将妹嫁给后者。

一情绪的失望。

有一天，毕安仓告诉德斯布兰说有个圣约克区的穷苦水夫因为辛劳贫困生了一种可怕的病症；这个穷苦的乌微尔额人在1821年的严冬里只吃马铃薯。德斯布兰放下了他的一切病人。他冒着使他的马劳瘁的危险，在毕安仓前面飞跑，到这个穷人家里去，亲身把他送进著名的杜布瓦在圣登尼斯镇上所设立的疗养院去。他照应这个人。当这个人恢复了健康的时候，他又给这穷人送一笔必要的款项，让他购置一匹马和一辆两轮轻车。这个乌微尔额人的特点就是曾经做过一桩怪事。他的一位朋友病了，他就立刻带他到德斯布兰家里来，对他的恩人说：

"要是他到别的地方去，我就受不了。"

无论德斯布兰如何的忧怒，他都拉着水夫的手，对他说：

"把他们都带到我这里来罢。"

于是，他就让冈达尔的孩子进了市立医院，给他最细心的看顾。毕安仓已经好几次注意到他的老师对乌微尔额人的偏爱，尤其是水夫；但是因为德斯布兰对他在市立医院的治疗都有一种骄傲的神色，他的学生也就看不出有什么特别奇怪的情形了。

有一天，毕安仓穿行圣胥尔比斯广场的时候，看见他的老师早晨九点钟走进礼拜堂。那时候的德斯布兰从来也没有不坐车而走一步路的，然而这一次却徒步溜进了朝着小狮街开的那扇门，好像走进一所令人可疑的房子似的。实习生自然而然的觉得奇怪，他知道老师的意见，他是一个标准的卡巴尼斯[①]信徒。毕安仓也溜进了圣胥尔比斯礼拜堂，惊愕的看见伟大的德斯布兰，这个对那些不至于应用解剖刀，既不会生痔疮，也不会生胃热病的天使们

① Cabanis（1757～1808）是法兰西一个著名的医生，他相信唯物主义。

毫不留情的无神论者，总之，这个大胆的“嘲弄家”谦卑的跪在地下，而且跪在什么地方呢？……跑在圣母祈祷室之前，听着弥撒，付了祭仪，捐了救济穷人的钱，严肃的待在那里，好像施行一次手术似的。

“他当然不是来研究圣母分娩的问题的，”毕安仓对自己说，他的惊异是无边的，“要是我看见他在圣节日拉着圣堂天帏的绳索，这也只是让人发笑罢了；但是，这钟点，一个人，没有别人，这其中实在叫人费解！”

毕安仓不愿意显得有侦探市立医院的第一位外科医生的神气，他走了。偶然间，德斯布兰当天晚上请他的门徒跟他到外边饭馆里去吃晚饭。在吃梨和吃干酪之间的时候，毕安仓用巧妙的布置渐渐的谈到做弥撒，认为这是滑稽的怪事。

“真是一桩怪事，”德斯布兰说，“它使基督教流出比拿破仑的一切战役，布鲁色所抽的一切的血都还要多的血！弥撒是教皇发明的勾当，它的历史也不会比第六世纪还要远，这是依据《圣经》上所说的‘这是我的身体’一句话而发明的。为着建立圣节得流下多少的血啊！罗马的宫廷就是要用这制度来保证它在现实世事里的胜利，这是扰乱教会达三世纪之久的一种分裂运动！杜鲁斯伯爵和阿尔比慈人的战争也无非是这桩公案的尾声。芜德人和阿尔比慈人都拒绝承认这新的事情。”

总之，德斯布兰快乐的施展无神论者的整个精神，这是一片福尔泰尔派的嘲弄，或说得更正确一点儿，引经据典的说客的可恨的胡言。

“喂！”毕安仓心里说，“今天早上的信徒哪儿去了呢？”

他默然不语，甚至于都怀疑到底自己是不是的确在圣胥尔比斯看见过他的老师。德斯布兰态度自如的对毕安仓撒谎！他们俩互相认识得非常的清楚，他们已经在同样严重的问题上交换过意见，讨论过自然界的系统，用无神论者的菜刀和解剖刀去探测考察过。三个月的时间过去了。毕安仓不再追究这桩事，虽然他已经把它铭刻在记忆里。这一年，有一天，一个市立医院的医生当着毕安仓的脸，挽了德斯布兰的手臂，好像要问他什么似的。

“您到圣胥尔比斯去做什么呀，老师？”他对他说。

“给一个膝上生骨疽的牧师瞧病去，这是安古莲公爵夫人给我面子介绍的。”德斯布兰说。

医生对这口实表示满意，但是毕安仓却不如此。

毕安仓决定要去探伺德斯布兰；他记起前次惊异发觉他走进圣胥尔比斯的日子和钟点，决定要在下一年的同一个日子，同一个时刻到那里去看看他到底是不是还要在那里使自己惊愕。果然如此的话，他的周期的虔诚就可以让人进行一个科学的研讨了，因为像他这样一个人绝不能够有言行矛盾的情形发生。次年同日同时，已经不是德斯布兰的实习生的毕安仓看见这位外科医生的两轮轻马车停留在杜尔农街和小狮街的角落里，他的朋友就从那里沿着圣胥尔比斯的墙边走去，仍然走到这礼拜堂的圣母祭坛前面去听弥撒。这的确是德斯布兰！外科主任，私下的无神论者，偶然的信徒！侦探的思想混乱了。这种著名学者的经常行为使一切的问题都复杂化了。德斯布兰走出教堂的时候，毕安仓就走近一个前来整理祈祷室的更衣室监守，问他这位先生是不是常来做弥撒的熟客。

“我在这里待了二十年了，”更衣室监守说，“自从我到这里来之后，德斯布兰先生每年都来四次听这弥撒；这是他捐的。”

“他捐的！”毕安仓边说边走开，“这就跟圣母无原罪始胎似的神秘，只这无原罪始胎一桩事就可以使医生变成没有信心的。”

过了相当的时候，毕安仓大夫虽然是德斯布兰的朋友，却不敢对他谈到他生活里的这一桩怪事。如果他们在诊病的时候或是在社会里碰面的话，他们却找不到把脚放在支木架上，脑袋靠在靠椅背上；互相谈论秘密的两个人的密谈和孤寂的时刻。最后，七年的时间过去了，一八三〇年的革命之后，正当民众蹴踏总主教的辖地，共和主义的感应煽动他们去破坏矗立在这房屋洋海中的闪电似的金色十字架的时候，正当不相信宗教的人和暴动的群众并肩合作，在街里扬眉吐气的时候，毕安仓又惊异的看见德斯布兰走进了圣胥尔比斯教堂。大夫跟着他进去，走到他身边，然而他的朋友却没有表露任何的记号，显出任何惊愕的神色。两个人都听着弥撒。

“您可以告诉我，亲爱的，”他们走出教堂的时候，毕安仓对德斯布兰说，“您为什么有这虚伪的信仰呢？我已经惊异的发现您三次到这里来做弥撒，您！您应当可以给我说明这神秘的理由，给我解释为什么您的言行这样明显的矛盾。您不相信上帝，然而却做弥撒！亲爱的老师，您得给我回答这问题。”

“我很像信徒，很像表面上非常热心宗教而跟我们，您我，一样不相信上帝的人。”

接着就是一系列讽刺政治人物的话，这些政客之中最出名的人物就给我们这一世纪贡献出新版的莫利哀的《伪君子》。

“我并不问您这些问题，”毕安仓说，“我只要知道您在这里所做的事情是什么理由，您为什么在这里捐钱做弥撒。”

“相信我，亲爱的朋友，”德斯布兰说，“我是行将就木的人了，我可以告诉您我的初年生活。”

这时候，毕安仓和这伟大的人物已经走进了巴黎最可怕的一条街——四风街——里边来了。德斯布兰指着类似埃及方尖石碑的许多房子之中的一所的第七层楼，这房子的破门就朝着一条走廊开，走廊的尽头是一个弯曲的扶梯，扶梯是由堪称为悲惨的光线的光线来照明的。这是一所浅绿色的房子，地面楼住着一个家具的商人，每一层楼似乎都住有各种不同的穷鬼。德斯布兰猛力举起他的手臂，对毕安仓说：

“我在那上面住了两年!”

“我知道，阿尔太斯也在那里居住过，我年轻的时候差不多每天都到那里去过，那时候我们管它叫做‘装伟人的瓶子’。还有呢?”

“我刚才所听的弥撒跟我住在您告诉我阿尔太斯曾经居住过的这个屋顶楼房的时候所发生的事情有连带的关系。这屋顶房就是窗口飘荡一条在一只花盆上晾衣服的绳子的那一间。我开头的生活实在太苦了，亲爱的毕安仓，我甚至于可以跟任何人比赛巴黎穷苦生活的光荣。我忍受一切：没有饭吃，没有水喝，没有钱用，没有衣服，没有鞋，没有衫衣，一切最难堪的贫困。我曾经在这装伟人的瓶子里用嘴里的热气吹暖我僵冻的手指，我要跟您一块儿再去看看这房子。我曾经整个冬天的工作着，看着我的脑袋冒出烟气，看清楚我的汗所发出的蒸气，好像我们看见马在大冷天里冒气似的。我不知道人家是到哪里去取得支援来抵抗这种生活。我一个人，没有救助，没有一文钱去买书，或缴学费；我没有一个朋友：暴躁，多疑，多虑的性格害了我。谁也不愿意在我的激怒里看到一个在低层社会想要奋扎到上层社会里来的人的忧郁和工作。但是我有，我可以告诉您这个，因为我不需要在您面前客气，我有善良情绪和坚强感情的根底，这种根底往往是强有力的人在穷苦的卑湿地带里长时期的践踏之后拿来爬上高峰的特权。我不能够从我的家里或我的国家里获取任何菲薄的宿善费之外的东西。总之，这时候，我早上只吃小狮街一个面包商减价卖给我的一块小面包，因为这面包是前一天或前两天的陈货，我把这面包剥成碎片，泡在牛奶里。所以，我的早餐只花了我两苏钱。我每两天才在一个宿舍里吃十六苏钱的一顿晚饭。所以我每天平均只花了九苏钱。您可以跟我似的清楚知道我所穿的是什么衣服，什么鞋！我不知道到底后来看见了一只开花的破鞋所有的冷笑的脸相，听到了一件上衣袖腋的响声我们是不是也有了被朋友出卖的时候你我所有的悲哀。我只喝点水，我对咖啡敬而远之。我觉得曹比咖啡馆只是拉丁区的富豪有特权去享受的国度。有的时候，我就对我自己说：‘我能够到那里去喝一杯牛奶油咖啡，去玩一次牌吗？’总之，我给我的工作加上了贫穷所给我感应的疯狂。我竭力设法垄断一切实证的知识，因而能够增高我个人的价值，能够配得上将来有一天离开空虚的地位时所要到达的地位。我比面包还要多消耗我的油。夜以继日的勤学使我花费的灯钱要比我花在粮食上的钱多。这斗争是长期的，顽强的，没有任何的安慰。我引不起我身边其他的人的同情。如果要交上几个朋友，我们不是得联络年轻人，得有几个钱跟他们一块儿喝几杯酒，到一切学生们所去的地方去吗？我什么也没有！谁在巴黎也只会把一无所有看做一无所有。要让人家发现我的穷苦的时候，我就叫我的喉咙紧缩，这种紧缩可以叫我们的病人相信他们的喉咙里塞有一团食道。后来我碰见这些富裕的人，他们从来也没有缺乏过任何东西，他们不知道这公式的比例数题——一个年轻人：罪行＝一块一百苏的钱币×未知数。这些镀金的傻子却对我说：

“‘您为什么欠债呀？您为什么签订这样重的契约呀？’

“这句话所给我产生的效果就跟懂得对没有面包吃的人说：‘你们为什么不买鸡蛋糕吃呀’的公主所给人家产生的效果一样。我很想看着其中一个埋怨我向他索取过多手术费的富人，是的，我愿意看着他一个人在巴黎，没有一文钱，没有朋友，没有信用，不得不拿起五只手指去工作谋生！他要怎么办呢？他要到哪儿去抑止他的饥饿呢？毕安仓，如果您看见我有时候残忍的话，那时候我是把我的初年苦痛归咎于无情和自私的，我曾经在上等社会里找到成千关于这种无情和自私的证据。不然的话，我就是想到仇恨，羡慕，妒忌，诽谤给我和成功之间所树立的障碍。在巴黎，正当某些人物看见您快要成功踏上马镫的时候，有的人就拉着您的衣裙，有的人就放松了马肚带的铁环，让您跌倒，摔破脑袋；这个人给您去了马蹄铁，那个人给您偷走了马鞭：最好的叛贼就是您看见他走来要在您近兜开枪打死您的人。您有相当的才能，亲爱的孩子，您不久就可以认识庸人对高人挑衅的这些继续不断的可怕的战争。要是您一天晚上丢了二十五路易的话，第二天人家就要责骂您是赌徒，您的最好的知交也要说您前一天晚上丢了二万五千佛郎。要是您头痛，人家就要说您是发疯。要是您激奋，人家就要说您不懂社交。要是您集结您的高贵力量去抵抗这些侏儒，您的最好的朋友就要写出文章说您要吞噬一切，您有统治一切，虐待一切的野心。总之，您的优点都要变成了缺点，您的缺点都要变成了恶习，您的道德也都要变成了罪愆。要是您救了某个人的生命，人家就说您杀死了他；要是您的病人恢复健康，人家一定要说您牺牲将来去保证现在；如果他没有死的话，人家就一定说他总会死的。犹豫的话，您就会失败！无论您发明了什么，您要求哪一种发明权，您就会变成一个精明好斗的人，不愿意让年轻人出头的人。所以，亲爱的，要是我不相信上帝的话，我也更不相信人。您不是在我身上认得一个跟人家所谩骂的德斯布兰全然不同的德斯布兰吗？但是我们不要再在这泥浆里打滚了。我就住在这房子里，预备功课去应第一次的考试，然而我却一文钱也没有。您知道！我是走到了人家要对自己说：‘我要从军去！’的穷途末路里。我有一个希望。我等待着由我家乡给送来的一个充满衣衫的箱子，这是不知道巴黎的任何东西而想到我们的衬衫，以为每月三十佛郎就可以叫外甥吃蒿雀的老舅母们给送来的礼物。箱子到来的时候，我正在医学院；它要我四十佛郎运输费；门房是一个住在亭子间里的德意志鞋匠，他付了钱，留下了这箱子。

我在福塞—圣日耳曼—得—布礼街和医学院街里徘徊，想不出有什么妙计可以让我不必立刻拿出卖了衬衫之后才可以还清的四十佛郎而取到我的箱子。我的愚笨使我猜想我只有当外科医生的天禀。亲爱的，精细的灵魂可以在崇高的环境里施展力量，但却缺乏诡计多端的阴谋的精神；他们的司命神就是偶然的机会：他们并不是寻求，他们只等巧遇。

“最后，我夜里回到家里来，我的一个邻居叫做布尔查的水夫也在这时候回来了，他是圣福罗尔的人。我们是拿两个在同一层楼里各占一间房子，彼此听见睡觉，咳嗽，穿衣服的声音而互相熟识了的房客的资格互相认识的。我的邻居告诉我房东因为我短了三期的房钱已经把我赶出去了：我第二天就得滚蛋。他自己也因为他的职业而被赶了。我度着平生最苦痛的一夜。‘我得到哪儿去找一个搬家的人来把我的破家，我的书籍给搬走呢？我得拿什么东西去报酬搬家的人，付还门房的债呢？我得到哪儿去呢？’我挥泪重复发出这些无从解决的问题，宛如疯子重复说出他们的叠句。我睡下了。穷人有个充满美梦的睡神。第二天早晨，当我吃着泡在牛奶里的碎面包的时候，布尔查忽然进来，用粗劣的法语对我说：

“‘先生，我是个穷人，圣福罗尔救济院所收留的孤儿，我既没有父亲，也没有母亲，我也没有钱结婚。您也没有什么亲戚，什么依靠，不是吗？您听，我在下面有一辆手推的车子，是我每点钟拿两苏钱给租来的，我们的一切事情都可以靠它来解决；要是您愿意的话，我们可以一块儿找房子去，因为我们都让人家赶出这里了。总之，这并不是地上的天堂。’

“‘我很清楚，’我对他说，‘好布尔查。但是我很为难；我下面有一只装着价值一百厄古的衣服的箱子，我可以拿它去付清房东的房钱和门房的债，然而我却连一百苏也没有。’

"'呃！我倒有几个小钱，'布尔查愉悦的对我说，给我指着一只脏皮做成的旧钱包。'别卖您的衣服。'

"布尔查付了我的三期房钱和他的房钱，清了门房的账。然后他就把我们的家具和我的衣服给装在他的车子里，满街的拉，停留在每一门挂有招租牌子的房子前面。我，我就上楼察视到底出租的房子合适不合适。中午的时候，我们还在拉丁区里徘徊，没有找到我们的住处。价钱是一个极大的障碍。布尔查给我提议到一个酒商家里去吃饭，我们就把车子放在酒商的门口。黄昏时分，我在罗安大院，商会通街里一间房子上面的屋瓦下发现两间由楼梯给分隔的房子。我们每年都得付六十佛郎的房租。我和我的谦卑的朋友，我们都安置停当了。我们一块儿吃晚饭。布尔查每天赚到五十苏左右，他有一百厄古左右的积蓄，他不久就可以实现他的野心去买一辆两轮轻车和一匹马。看见了我的情形，因为他用深刻的狡猾和现在回想起来还可以感动我心灵的好意来刺探我的秘密，他就暂时放弃了一生所愿望的野心：布尔查当了二十二年路上步行的商人，他却为我的前程而牺牲了他的一百厄古。"

说到这里，德斯布兰就紧紧的擒住毕安仓的手臂。

"他给我必要的钱让我参加考试！朋友，这个人懂得我有一个使命，我的智慧所有的需要要在他的需要之前。他关心我，管我叫做他的小宝贝，他借给我必要的钱让我去买书，有的时候他就蹑手蹑脚的进来看我工作；总之，他就跟母亲似的注意我，使我能够去掉我被罚去吃的营养不良的饭菜，给换上既滋养又丰富的饮食。布尔查是个年纪约莫四十岁的男人，他有一个中世纪的资产阶级的脸孔，圆圆的额头，一个画家可以拿来作为黎古尔格[①]的模特儿的脑袋。这个穷苦的人自己觉得心里充满着情感！他一向

① Lycurgue，相传是希腊斯巴达的立法者。

只让一只卷毛狗敬爱，这只狗刚刚死去不久，他常常对我提到这只狗，问我教会是不是可以同意为它灵魂的安息而念弥撒。他说他的狗是真正的基督徒，因为十二年的光景，这只狗都陪着他到教堂去而没有叫吠过，听着教堂的风琴声而没有张开过嘴巴，总是蜷伏在他身边，使他相信跟他一块儿祈祷的神气。这个人把他的一切情感都给堆在我身上：他把我当做一个孤独苦痛的人来看待，在我看来，他是最关心我的一位母亲，最细腻的一个恩人，自得于自己的工作的有德性的理想人物。我在街里碰见他的时候，他就给我投来一道充满着难于置信的贵质的慧眼：他竭力装做没有背负任何东西似的走路，他仿佛非常喜欢看见我身体好，穿得好。总之，这是人民大众的忠诚，移居在高等环境里的娇冶女工的爱情。布尔查替我做许多事情，他在夜里指定的时刻唤醒我，他替我擦油灯，打扫我们的梯头；他既是善良的家仆，又是善良的父亲，跟一位英吉利少女似的干净。他管理家务。他跟菲洛伯漫[①]一样，自己动手锯我们的木材，他的一切动作都有素朴的作风，保守他的尊严，因为他仿佛懂得目的可以使手段变成高贵的。我离开这个好人到市立医院去当实习生的时候，他想到不能够再跟我住在一块儿，就生出一种我也不知道是哪一类的悲痛；但是他却为我筹划论文费，拿这个来寻求安慰，他叫我答应他放假的日子来看他。布尔查拿我当做他的光荣，他是为我为他而爱我的。要是您找到我的毕业论文，您就可以看出这本书就是献给他的。最后一年实习的时候，我赚了相当的钱，让我偿还这个高贵的乌微尔额人所赐给我的恩惠，替他买了一匹马，一辆车。他知道我

---

① Philopoemen 是希腊阿栖恩同盟（Achéenne）的领袖，号为“最后的希腊人”，以维持希腊的统一为素志，率军抵御罗马人，卒为罗马人所获，被希奸毒死于狱中。

为他而花尽了我的钱，就大发雷霆，但是他也很快乐的看着他的素愿实现了；他一边笑，一边骂我，瞧着他的车和他的马，拭干一颗眼泪，对我说：

"'这不好！啊！多美的车！您做错了……这匹马就跟乌微尔额人似的强壮。'

"我没有看见任何比这还要动人的情景。布尔查非要我买这只镀银的行医箱不可，您现在还可以看见这只行医箱放在我的诊病室里，它是我最宝贵的一个东西。虽然他因为我的初期成功而快乐得发疯，他却从来也没有说过一句话，做过一个姿势，好像是说：'这个人的成功都是我的功劳！'不过没有他的话，我可一定已经穷死了。这个可怜的人的确是为我而死了的：他只吃些涂蒜的面包，剩下钱让我喝咖啡好熬夜。他于是也就病了。您可以想象得到我怎么样的每天都在他的床头过夜，第一次我把他治好了，但是两年之后他的病又复发了，无论我怎么样的勤勉照应他，无论科学的力量怎么样的伟大，他却终于死去了。任何的国王也没有像他这样的受到人家的看护。是的，毕安仓，我为救护这个生命曾经做过许多闻所未闻的尝试。我要让他活上相当的时间来亲眼看到他的工程的成功，来实现他的一切的愿望，来满足我心里所充塞的唯一的感恩，来熄灭现在还在烧着我的热火！"

"布尔查，"德斯布兰大受感动的歇了一会儿之后，又接着说，"我的第二个父亲，他就死在我的怀抱里，给我留下一个律师替他写好的遗嘱，把他所有的一切都送给我，这遗嘱而且是在我们到罗安大院去居住的那一年就写成的。这个人有天真的信仰。他就像敬爱妻子似的敬爱圣母。他是一个热心的天主教徒，然而却从来也没有跟我说到我违反宗教的思想。病势危笃的时候，他请求我不要节省，让他能够得到教会的拯救。我于是就叫人家每天为他念一次弥撒。他常常夜里对我露出恐惧来生的神色，他只怕没有神圣的生活过。这可怜的人！他日夜的工作。要是有天堂，这天堂还会属于谁的呢？他的临终典礼就跟一位圣人的临终典礼似的，他的死配得上他的生。只有我一个人给他送殡。我把我的唯一恩人埋在地下的时候，我就想方法给他还清我的欠债。我看出他既没有家庭，也没有朋友，既没有妻子，也没有儿女。但是他却有信仰！他有宗教的信心，我有权利跟他辩论这问题吗？他曾经对我懦怯的说到为死者的安息而念的弥撒，他并不愿意强制我来负这责任，因为他想这就等于要我还债。我能够凑上一笔基金的时候，我就立刻给圣胥尔比斯教堂送去必要的款项，叫人家每年在那里给他念四次弥撒。因为我所能够给布尔查贡献的唯一的东西就是满足他的敬虔的欲望，每季开头念弥撒的日子，我就拿他的名义到那里去，为他重复念唱他所愿望的祈文。我用怀疑派的诚意说：‘我的上帝，要是有一个世界让你安置安全的人死后的灵魂，就请你想到这善良的布尔查；要是有什么东西得为他而苦痛，就请你给我这些苦痛，使他能够理会快走进人家所谓的天堂。’亲爱的，这就是像我这种见解的人所能做到的一切。上帝应当是一个善良的魔鬼，他不会仇恨我。我给您发誓，我可以把我的财产献出，希望布尔查的信仰能够钻进我的脑袋。”

看护德斯布兰最后一次病的毕安仓，今天不敢肯定的说这位伟大的外科医生死的时候还是一个无神论者。信仰上帝的人难道不喜欢想到谦卑的乌微尔额人会来给他开启天国的门，正如从前曾经为他开启楣上写着“祖国致谢伟人们”的人间殿门似的吗？

一八三六年一月于巴黎

弃　　妇

献　　给

德·阿布兰台公爵夫人

你的热情的忠仆

德·巴尔扎克

1822年初春，巴黎的医生们把一位新从热病里痊愈过来的青年送到低诺曼地来。他的病是过分用功或放荡生活的结果；初愈的身体需要绝对的休息，淡泊的饮食，清凉的空气，避免任何强烈的激动。

柏森的肥沃田野和外省的平淡生活对他的复元似乎极有补益。他就到离海两法里的小巧玲珑的拜欧城一位表姊家里来居住，表姊是拿特别殷勤招待惯于退休生活的人的态度来欢迎他的，因为这种表姊总觉得一位亲戚朋友的光降是荣幸。

除了一些特殊的风俗习惯之外，一切的小城市都是一样的。这位巴黎青年名叫钮埃尔·卡斯顿男爵先生。他在表姊圣西维尔夫人或表姊会社的其他人们的家里过了几个晚会之后，就认识了这边僻的社会视为全城荣誉所在的人物。钮埃尔·卡斯顿觉得这些人物是观察家可以在许多构成古代法兰西诸邦的京城里重新找到的一丘之貉。

先说一个贵族的家庭。这家庭是五十法里以外的人所不知道的，然而却在地区里变成了无可辩论的最古的世家。这种小规模的王家宗室依赖婚嫁关系（没有人怀疑这个）居然搭上了拿发莲家，葛兰地刘家，联上了卡迪昂家，钩上了布拉孟—楚夫利家。这望族的领袖总是一个果敢的猎夫。他是一个不识礼乐的野人，他用辉煌的家姓来控制一切的人，但却宽恕县长，因为他忍受捐税的压迫；他不承认十九世纪产生的任何新力量，而在政治上有个怪诞的见解，让人家相信内阁总理并不是贵族绅士。他的妻子有个粗暴的嗓子，高声谈论；她有许多崇拜她的人，但是总要在复活节瞻礼后十五日内领圣体；她不大懂得养育她的几个女儿，她想她们总会因为家望而相当的富裕。夫妻俩都不认识任何现代的奢华：他们还保留着现在戏台上穿着的服装，古式的银制食器，家具，车辆，古代的风俗和从前的语言。这旧式的排场很符合于外省的节俭生活。总之，他们是古代的遗老，只差了没有征收所有权转移税的权利，没有猎狗和饰着袖章的礼服；他们彼此之间都觉得很光荣，都忠实于他们只能够在远处看到的王公。这无人知晓的富有历史性的家庭保存有古代平滑装饰品的原来式样。这家里的的确确出有一个老伯或大哥，曾经跟随李慈刘元帅到汉诺弗尔去的佩有红色绶带的宫臣少将。您还可以在那里找到这个少将，跟路易十五时代一本旧书的一叶令人眼花目弦的纸张似的。

跟这老家庭相对立的就有一个比较富裕的人家。这一家的贵族气没有那样的古老。夫妻俩到巴黎去过两个月冬天的生活，带回暂时的文雅气度和蜉蝣的情欲。夫人是漂亮的，但是有点不自然，而且总是在时装方面落伍。不过，她倒取笑邻居们的无知。她的银制食具是近代的式样；她有几个小僮，几个黑奴，一个随身侍仆。她的长男有一辆华丽的马车，领有世袭的财产，一无所事。次男是内阁的佥事。父亲熟识阁臣的黑幕，叙述许多关于路易十八和盖伊拉夫人的逸事。他在五分利的公债上投资，避免保留苹果酒，但是有的时候却有恢复地区财产数字的癖好；他是议会的议员，穿着巴黎制的衣服，佩着光荣勋级会的十字勋章。总之，这个绅士了解复辟政权，在议会里求利；但是他的忠君动机却没有他的敌对家庭那样的纯洁。他订阅《法兰西新闻》和《辩论报》。然而另外一家却只阅读《每日新闻》。

从前的代理主教，现在的主教就在这两大势力之中摇荡着。他们都因为宗教的缘故给他致敬，但是有的时候却叫他知道拉·方登在《负骸之驴》结尾上所提到的教言。这位好好先生是个平民。

其次就有一些次要的明星，每年享受一万到一万两千佛郎收入的绅士们，有的曾经当过舰长，有的曾经当过骑兵上尉，有的什么事情也没有做过。在路上骑马的时候，他们的位置总是居在手捧圣餐器的教士和出巡的税务监督之间。他们几乎都曾经在王宫里受过贵族子弟的教育或在铳队里当过铳卒，现在都清清闲闲的在田园里消磨日子，多半是注意一段木材或他们的苹果酒，并不关心朝廷。然而，他们却在门牌或掷耍骰子戏的时候拿他们所能背诵的家谱来计算嫁资，安排婚事，再谈到宪章和自由党。他们的妻子骄傲的装出内宫的神气，坐在他们的柳木轻马车里；她们认为披上一条奇怪的肩带，戴上一顶离奇的头巾就算是装束入时；她们每年都在几度成熟的考虑之后购买两顶帽子，托人家寻机会给她们从巴黎带来；一般的说，他们都是品行端正的，喜欢闲谈的。

另外又有两三个老小姐围住这贵族一群的主要角色身边，她们的性格可以证明人类的秉性难移。她们仿佛是包封在您所看见她们在内的这所房子里；她们的容貌，她们的服装都成为了不动产，城市，外省的一部分；她们就是这些东西的传统，记录和精神。她们都有一种坚硬的碑铭一般的性格；她们懂得怎么样合适的微笑或摇头，不时的说上几句俏皮话。

几个富庶的资产阶级也藉着他们逢迎贵族的见解和他们的财

富溜进了这小规模的圣日耳曼镇[1]。但是，无论他们怎样的上了四十岁的年纪，每一个人却都在那里说："这小家伙的思想真不错！"于是也就选举他们当议员了。一般的说，他们都受老小姐们的保护，不过，人家也就这样的议论他们罢了。

最后，还有两三个僧侣也受到这小小的上等社会的接待，因为他们有教士的长领饰，他们聪明，同时也因为互相烦扰的贵族们要介绍一个资产阶级到他们的沙龙里来，仿佛面包商要在面团里放些酵菌似的。

这些脑袋所堆积的全部智慧是由某些古代观念所组成的，其中又掺杂着每天晚上大家都要拿来加拌的一些新思想。代表这些观念的语句宛如小海湾的水，也有每日的潮满潮落的现象，同样的经常的波涛，今天听到空泛荡漾的声音的人明天也可以听到，整年如此。他们对于人世的固执判断就成为了一种传统的学科，任何人也不能够加上一语或一词。这些循守旧规的人众，他们就在习惯里徘徊。这种习惯正如他们的宗教意见，政治见解，道德和文学的理论似的牢不可破。

如果有一个客人得到允许进了这个文社，每一个人都要讥笑他说："您不会在这里找到您的巴黎社会的光彩！"每一个人都要责难邻居的生活，设法使人家相信他是这社会的一个例外，他曾经落空的想要改革过它。但是，如果这客人不幸用几句话来附和这些人彼此之间所有的意见，人家就要立刻说他是个坏人，既没有信仰，也没有规律，跟一切的巴黎人似的，是个腐败的巴黎人。

在这小小的社会里，人家都完全遵守宫里的礼仪，生活的任何事故都是调和的，一切的事情都瞒不过人，贵族和土地的价值

① 圣日耳曼镇是巴黎城西一个贵族聚居的郊镇，王朝时代法国贵族的生活中心。

都跟报纸末页所刊登的交易所的基金广告似的标了出来。钮埃尔·卡斯顿出现在小社会里的时候，他都已经预先让代表这拜欧城的意见的准确天平掂过斤两。他的表姊圣西维尔夫人已经说过他的财产数字，他的前程，提供过他的家谱，吹嘘过他的学识，他的礼貌和他的谦让。他受到他所应当要求的欢迎，人家也把他当做一个没有骄气的善良绅士来接待，因为他只有二十三岁；但是几个年轻的少女和几个母亲却用温和的眼睛去瞟视他。他在乌慈溪谷里占有一笔一万八千佛郎的年租，他的父亲迟早会把孟乃维尔古堡和古堡的属地留给他。至于他所受的教育，他的政治前途，他的人品，他的才能，这些都是不成问题的。他的土地都是肥沃的，他的租金都是靠得住的；耕种非常的成功；修理的费用和捐税都是由佃户们去负担的；苹果树都已经长了三十八年；他的父亲还在商量设法购置连接他的花园的二百亩森林，想要给这花园盖上围墙；任何大臣的希望，任何人世的光荣都不能够抵抗这些优点。不知道是狡猾还是有意的计算，圣西维尔夫人没有谈到卡斯顿的长兄，卡斯顿也没有提到一句话。这位长兄患了痨病，似乎不久就要让人家掩埋、哀悼而忘记了。钮埃尔·卡斯顿开始拿这些人物来寻开心；他在他的簿子里饶有趣味的逼真的描绘了（我们无妨这么说）这些人物的棱角形的、钩曲的、发皱的姿容，可笑的奇怪的服装和伛挛的筋络；他喜欢他们的诺曼地式的词藻，他们的破碎的思想和他们的性格。但是一会儿惯了这种类似翻动笼子的松鼠似的生活之后，他就察出这种早已停滞的生活缺乏一种对立的性质，好像修道院的信徒似的，他也就苦闷起来了，不过这种苦闷既不是烦恼，也不是厌腻，却忍受一切的效果。他在这轻微的过度的苦闷之后，就完成了移居在相反环境里的时候所有的现象，他得在这环境里渐渐的清瘦，过着一种伛偻病的生活。事实上，如果没有任何的东西把他拉出这社会，他就得不知不觉的适应这社会的风俗习惯，忍受着克制而消灭他的这种空虚生活。卡斯顿的肺部已经习惯于这种空气了。他等着在这无所用心，毫无思想的日子里去认识一种草木似的幸福，他开始忘记了他在巴黎社会里所热烈喜爱的活力运动，精神果实，而到这凋零的环境里来逐渐枯萎，永远留在这里，好像乌里斯的同伴似的满意他的污垢的躯壳。一天晚上，钮埃尔·卡斯顿在一个沙龙里坐在一位老贵妇和一位代理主教的中间。这沙龙有灰色的装壁板，地上铺着白土大方砖，挂有几张宗教的肖像，设有四张牌桌，十六个人就在这桌旁坐着，一边闲谈，一边打魏斯特牌。他在那里没有想到任何的事情，只在消化丰美的宴食（这是外省日常生活的唯一前途）的时候，忽然赞同这地区的风俗。他明白了为什么这些人继续应用前一天所有的纸牌，在破旧的桌毡上面玩，他们怎么样的不再为自己或为别人穿上好看的衣裳。他在这循环式生活的单调动作里，在这平静的合理的习惯里，在这缺乏奢华知识的素朴的生活里猜出了我也不知道是哪一种的哲理。总之，他几乎了解了奢华生活的无益。巴黎的情欲，巴黎的风波；巴黎的欢乐都只在他心里变成了童年的回忆。他好意的崇拜一位年轻少女的红润的手，谦卑含羞的态度，虽然第一眼看过去他却觉得这少女的脸孔太愚蠢，她的举止没有任何的风韵，全身令人厌恶，面色非常的可笑。她简直是为他而生的。从前他由外省到巴黎去，现在他又从巴黎的哄动生活里回到外省的冷淡生活里来，没有任何一句话可以打击他的耳鼓，可以如同从前的吵闹歌剧的一段奇妙的交响曲似的给他带来一个突如其来的感情。

“您昨天不是看鲍西恩夫人去了吗?”一个老妇人对这地区的“王府”的主人说。

“我今天早上去的，”他回答说，“我发现她很悲愁，很苦痛，我甚至于都没有法子让她决定明天来跟我们一块儿吃晚饭。”

“跟仓比额尔夫人一块儿去吗？”老寡妇露出惊异的神色，喊道。

“是的，跟我的内人一块儿去的，”绅士冷静的说。“鲍西恩夫人不是布尔岗家的人吗？因为女家的关系，确是如此；但是这家姓毕竟可以洗涮一切。内人非常喜欢子爵夫人，这可怜的贵妇这么久都是孤孤单单的，甚至于……”

仓比额尔侯爵说了这最后一句话，就用冷静的态度看了看听他说话，端详着他的人；但是他几乎都不能够猜想他到底是因为鲍西恩夫人的不幸，还是因为她的高贵而让步，他到底是因为受到人家的阿谀而接待她，还是因为他要用骄傲的气度去强迫本地的绅士和他们的妻子去看她。

一切的贵妇都仿佛用眼睛来互相询问；然后，最深沉的岑寂就突然的统治了客厅，她们的态度也就可以表示她们的异议了。

“这位鲍西恩夫人是不是跟达汝大一班都讲爱情而弄得满城风雨的那个鲍西恩夫人呀？”卡斯顿问坐在身边的一个女人说。

“正是她，”人家回答他说，“达汝大侯爵结婚之后，她就到古尔西尔来居住；这里的人谁也不接待她。并且她也太聪明，她不至于没有感觉到自己地位的困难：所以她也不出去看望任何一个人。仓比额尔先生和其他几位先生都到她家里去过，但是她可只接见仓比额尔先生，也许因为他们是亲戚；他们因为鲍西恩这一家有了亲戚的关系。老鲍西恩侯爵娶过一位长房仓比额尔家的小姐。虽然人家认为鲍西恩子爵夫人是布尔岗一家的后裔，但是您知道我们这里不能够接待一个跟丈夫分居的女人。这是一个老思想，我们还很傻来保留这些思想。子爵夫人的逃跑实在是错了的，因为鲍西恩是个风流男子，一个有心人：他一定会听从理性的。但是他的妻子却是个疯子……”

钮埃尔先生表面上还在听女邻说话，心里却不再听了。他脑子里涌上了万千的幻想。冒险的生活对幻想微笑的时候，灵魂上怀有浮泛的希望，预感到莫名其妙的快乐，恐惧，事变，任何东西都还没有培养规定这海市蜃楼的偏情的时候，我们还能够用其他的字眼来表达这种冒险生活的丽色吗？精神于是就飞翔着，滋长了许多不可能的计划，产生了情欲的幸福的萌芽。但是这情欲的萌芽也许倒整个的包蔽灵魂，正如种籽包含有馨香艳丽的花朵似的。钮埃尔先生不知道鲍西恩夫人就是在大部分女人特别在青春和美丽的诱惑几乎可以完全解释她们的错过的时候所羡慕和责难的一个变故之后才逃避到诺曼地来的。无论是什么来源，一切的光荣都有一种不可理解的尊严。正如古代的家庭一样，女人们都觉得罪愆的光荣仿佛可以消除罪愆的耻辱。某一家庭可以因为被斩的首级而觉得骄傲，同样的，一个美丽年轻的女人也可以因为幸福的爱情或悲惨的受欺所得的名声而变得更为迷人。她越可以令人惋惜，也就越可以引起同情。我们只对庸俗的事物，庸俗的情绪，庸俗的冒险生活毫不留情。吸引别人视线的时候，我们就仿佛觉得自己是伟大的。事实上，我们不是得把自己扶得高人一筹才能够让人家看得见吗？群众不由自主的对高大的事物生出敬重的情绪，并不过分追问它是如何高大的。这时候，钮埃尔·卡斯顿觉得自己好像受了这些推理的秘密影响，或好奇心，或要使现实的生活发生趣味的需要，或可以常常用无可奈何去解释的莫名的动机的督促而倾向于鲍西恩夫人。鲍西恩子爵夫人忽然带着许多温雅的形象出现在他面前：她是一个新的世界；接近她，无疑的，可以使他恐惧，希望，有所争斗，有所征战。她一定是和卡斯顿在这卑劣的沙龙里所看到的女人们大不相同；总之，她是一个女人。在这冷漠的社会里，只有计算代替了情绪，这里的礼仪只是一些义务，这里的简单思想在听者和说者两方面都有针刺；卡斯顿还没有在这社会里遇过任何一个真正的女人。鲍西恩夫人给他的灵魂唤起了年轻人的梦幻的回忆，暂时昏睡了的剧烈的情感。钮埃尔·卡斯顿在晚会的残余时间里变成了心灵恍惚的。他思索如何可以进身到鲍西恩夫人家里去的方法，然而这种方法却的确并不存在。在他眼里，她已经变成了一个非常聪明的女人。但是，如果聪明的女人能够让奇怪精致的事物引诱的话，她们就是强求的，她们就懂得揣测一切：那末，要在她身边进行取悦她的苦工就有许多同样的成败机会了。何况子爵夫人除了地位上的骄傲之外也还有她的家姓的威严呢。她的生活的极度孤单好像是她和社会之间所建立的最小的隔墙。所以，无论什么世家子弟，一个陌生人都几乎不可能到她家里去。然而第二天早晨，钮埃尔先生却朝着古尔西尔大楼散步，在围墙四周绕了几个圈儿。他迷在他的年龄使他自然相信的幻想里，从墙洞或墙上瞧了进去，待在关着的百叶窗前面探望，或观察开着的百叶窗。他希望有个浪漫的机遇，他想到运用这机遇的结果可以让他进身陌生女人的家，而没有想到这是不可能的。好几个早晨，他都到这里来散步，然而都毫无结果；但是每一次散步的时候，这位置身世外，遁迹孤寂生活里的爱情牺牲品，这个女人，都在他的脑海里长大了起来，居住在他的灵魂当中。所以，如果沿着古尔西尔大楼墙根走路，偶尔听到哪一个园丁的笨重步声的时候，卡斯顿的心就因为希望和快乐而跳动着。

他很想给鲍西恩夫人写信；但是得跟一位我们还没有看见过的不认识我们的女人说些什么话呢？卡斯顿而且对自己没有信心；何况他跟满脑袋幻想的年轻人一样也比死还要恐惧可怕的缄默的轻蔑，想到第一篇爱情的散文可能被人掷在火里也就战栗起来了呢。他心里有万千矛盾的思想在斗争着。然而最后，幸亏他竭力的妄想，编制小说，绞尽脑汁，他居然找到了一个可喜的战略，这种战略终究可以在人怪事，往往可以在男女情侣之间创造出许多确切的障碍，正如东方的诗人把它安插在甜蜜的故事里似的，最离奇的描写也很少是言过其实的。所以，无论是在自然的世界里或神仙的世界里，女人总应当隶属于那一个懂得走到她身边，把她从枯萎的境地里拯救出来的男人。爱上“卡利夫”[①] 公主的最穷苦的乞丐也不会比卡斯顿和鲍西恩夫人之间的距离更远隔他的情人。子爵夫人一点儿也不知道钮埃尔先生所计划挖掘的战壕，男爵的爱情随着障碍的程度同样的增高，他给他的意外情妇给染上一切远景所有的华彩。

有一天，他希望他的爱情可以从他眼里迸射而出，因为他相信自己的灵感。他认为流利的词藻比任何动情的书信都更有力量，他希望依赖女人天性所有的好奇心，就走到仓比额尔先生家里去，自己对自己建议要利用这位绅士来使他的事业成功。他对绅士说他有一桩重要的机密要跟鲍西恩夫人接头，但是他不知道到底夫人愿意阅读一封生疏的笔迹所写的信或是愿意允许一个生客给她亲口述说。他要求绅士问问子爵夫人，当他第一次访问她的时候；她是不是愿意赏他一个面子来接见他。他一方面请求侯爵如果受到拒绝就请他严守秘密，一方面又很聪明的嘱咐侯爵不要吝惜告诉鲍西恩夫人可以叫她允许他到她家里去的理由。他难道不是有身份的人，忠实的人，不能够从事一桩低级趣味或失礼举动的人吗！高傲的绅士听到人家的吹嘘和阿谀，就整个的受到这爱情外交的欺骗：这种外交手段使年轻人有一个老练的大使的平稳高明的矫饰。他很想试探卡斯顿的秘密，但是不大愿意告诉他的年轻人却用诺曼地式的言词去回答仓比额尔先生的询问。侯爵是法兰西的骑士，他答应机密行事。

侯爵立刻忙着跑到古尔西尔大楼去。忙的程度就像某种年龄

① Calife是莫罕默德死后，他的家族所取的姓氏。

的人要给美丽的女人效劳似的。在鲍西恩子爵夫人所处的地位上;这种传递消息的办法本质上会使她优虑的。所以,虽然她搜索了她的记忆,看不出有任何理由让她请钮埃尔先生到她家里来,她却想不出有什么不方便的地方来接待他,纵使她细心考虑过她在社会上的地位。不过,开头的时候,她是拒绝的;后来她就跟仓比额尔先生讨论这礼节的问题,问他到底知道不知道这访问的动机;然后她又再来一次拒绝。侯爵的辩论和严守秘密都激动了她的好奇。

仓比额尔先生一点儿也不愿意露出可笑的样子,他拿一个受过教育、懂得谨慎的人的资格认为子爵夫人应当清楚知道这一次访问的目的,虽然她很诚恳的追问,而没有找到。鲍西恩夫人想象了卡斯顿和她所不认识的人之间的许多联系,她坠进了许多虚渺的假设里,自己问自己到底曾经看见过钮埃尔先生没有。最真挚有力的情书也不会产生这哑谜所有的效果,鲍西恩夫人都不能不花费好几次的时间去猜想它。

卡斯顿知道他能够看到子爵夫人的时候,他既快乐能够这么迅速得到他所热烈祝愿的幸福,又奇怪的觉得这样的结束他的奸计未免有点不知所措。

“嘿!看她去,”他一边穿衣服,一边重复说,“看她去,没有别的!”

于是,穿过古尔西尔大楼正门的时候,他就希望能够找到一个方法来解开他亲手给打成的结。卡斯顿是那些相信急智的力量而履险如夷的人之中的一个;最后面临危险的时候,这些人都会受到急智的感应,找到克服的力量。他特别细心的打扮。他跟许多年轻人一般的想法,认为一个发环地位的优劣都可以影响他的成败,他不知道青春的年华一切都是美焕。何况像鲍西恩夫人这样难得的女人也只会受到温雅精神和超卓品格的诱惑呢。伟大的品格可以取悦这种女人的虚荣心，使她们出生伟大的感情，仿佛可以接受她们心灵的要求。精神使她们喜悦，适应她们的细腻天性，她们也就相信让人家了解了。如果女人们没有受到阿谀，没有让人了解，没有被人崇拜，一切的女人还愿望什么呢？但是我们得详细思考生活的一切事情，才能够猜透第一次会谈的时候疏忽的服装和保守的精神所需要的高妙的娇冶。相当狡猾去当一个能干的政客的时候，我们也就年事太高，无从利用我们的经验了。正当卡斯顿相当鄙视他的精神而要借重服装魔力的时候，鲍西恩夫人自己也本能的觅取珍贵的装束，一边整理她的头饰，一边对自己说：

“我可不愿意让人家害怕。”

钮埃尔先生的精神，他的姿容和他的举止都有这种天真素朴的品质，可以使平常的姿态和思想生出甘美的趣味，可以叫他说一切的话，做一切的事。他受过教育，他是深刻的，他的身姿是完美的，流动的，好像他那易受感动的灵魂一般。他的活泼的眼睛藏有感情和温柔，他的心本质上是善良的，并不缺乏这两种特性。所以，他决心走进古尔西尔大楼，这是跟他的坦率天性，他的热烈幻想相符合的。当他穿过英吉利花园式的大院，走到客厅里来，让一个仆人询问他的姓名，出去又回来引导他走的时候，他都不能够禁止心脏的剧烈跳动，虽然爱情使他如何的勇敢。

“钮埃尔男爵先生。”仆人通报他的名字。

卡斯顿轻捷的进去，但是他的态度却相当的文雅，这种态度发生在只有一个女人在内的客厅里要比发生有二十个女人在内的客厅里更为不易。尽管是暖和的季节，壁炉里却烧着一团旺火，炉台上安着两架多枝的烛台，烛火射出柔软的光线。他就在这壁炉角上看到一个年轻的女郎坐在一张现代的高背靠椅上；座位的低落可以使她的头生出各种风流雅致的姿势，低下，斜着，再弱不禁风的仰起，仿佛抬起笨重的橹子似的；同时也可以让她缩回她的脚，伸出她的脚，或把她的脚插进一件黑色袍子的长褶下。子爵夫人想把她所阅读的书放在一张小圆桌上；但是因为她同时转过头来朝着钮埃尔先生瞧去，放得不大准确的书就落在圆桌和靠椅中间的地上。这意外的事情似乎并没有惊动她，她就起来，用一点头来回答年轻人的敬礼，但是她的举止却是觉察不到的，她几乎都没有离座，她的身体还沉埋在靠椅里。她斜下身子，向前走去，猛力拨动炉火，然后又弯下腰，拾起了一只手套，没精打采的戴在她的左手上，再用立刻中止的目光去寻觅另外一只，

因为她用没有戴指环的透明洁白的纤弱的右手指着一张椅子，仿佛要请卡斯顿坐下似的。这只手的指尖是细长的，红色的指甲形成了完全的蛋形。生客就坐的时候，她就用难于形容的精细娇冶的询问动作朝着他转过头来；这动作是属于初年的教育和高级趣味的习惯所产生的善良的意向，文雅而准确的姿势的。这些动作

一时之间没有错乱的前后相继而来，用一个美丽的女人拿来加在高等社会的贵族风度之上的又像关心又像不睬的神气来迷惑卡斯顿。鲍西恩夫人跟他两个月以来在诺曼地的边僻地方共同生活在一起的木偶相比较实在是太不一样，她不会不使他的梦幻的诗境化成人世的事实；所以，他不能够拿她的完美来跟从前他所崇拜的任何女人相比拟。这客厅的装饰就跟圣日尔曼镇的客厅一般，桌上放着许多珍贵的小玩意儿。他在女郎和这客厅面前看到了这许多书籍和花朵，就觉得自己仿佛回到了巴黎。他的脚踩着一张真正的巴黎地毡，他重新看到了超卓的典型，巴黎女郎的脆弱的体态，她的甘美的娴雅，她对苦了许多外省女人的意匠的漠不关心。

鲍西恩子爵夫人是个金栗发的美人，跟一块薄纱一样的洁白，她的眼睛是棕色的。她高雅的露出她的额头，这是一个以自己的错过为荣而不愿宽赦的下凡天使的额头。她的丰富头发在两只用宽阔的曲线给盖住这额头的发冠上面结成高高的发髻，使她的头更显得威严。幻想可以在这金黄色的螺线形发髻里重新找到布尔岗家的公爵冠。在这贵妇的晶亮眼睛里重新找到她这一家的一切勇敢，不过只是一个女人拿来抵抗轻蔑或大胆胡为，然而却对温和的情绪充满柔情的勇敢罢了。小小的脑袋巧妙的安插在一条洁白的长颈上。这小脑袋的轮廓，精致面孔的线纹，松懈的嘴唇，流动身段，这一切的一切都支持着一种谨慎的表情，一种类似狡猾和无礼的矫装的讽讥的色泽。想到了她的不幸，想到了几乎牺牲了她的生命的感情（这感情可以拿略一动弹就在额上留下痕迹的皱纹或老是仰望天空的美眸所表露的苦痛语言来证明），我们也就不容易不宽恕这两种女性的罪愆了。三年以来，这个女人都住在一个小溪谷的僻静地方，远离城市，只回忆到从前日夕欢乐，备受恭维，现在却献身给太虚的幸福的，光明的，多情的青春。

在这冷静的大客厅里看到这隔离人世的女人，这难道不是一个还可以由思想给加以放大的威严景象吗？这位女人的微笑宣示她对自己的价值有个高度的自信。她既不是人母，也不是人妇，她受社会的排斥，让人家夺去了唯一可以使她的心跳动而无耻愧的心，她没有从任何情绪里抽取可以拯救她的摇移不定的灵魂的必要成分，她得拿自己的力量给加在自己身上，依靠自己的生命去生活，除了弃妇的希望以外，没有其他的希望。这弃妇的希望就是：等待死亡，缩短余生，不论下半世的日子如何的美丽。自觉是生来享福的，然而却没有得到福祉，也没有给别人福气，就这样的死亡！……一个女人！多惨痛啊！钮埃尔先生闪电一般迅速的想到这些问题，他觉得自己站在这一首可以让一位女人拿来包裹自身的最伟大的诗之前未免自惭形秽了。他受到了美貌、不幸和贵质这三位一体的光辉的眩惑，就几乎张口惊呆的愣在那里，一股脑的胡思乱想，崇拜着子爵夫人，然而却找不到话对她说。

这惊愕一点儿也不使鲍西恩夫人厌恶。夫人就用一个温和而带有命令式的姿势给他伸过手来；然后她又在她的苍白的嘴唇上挂着一个微笑，仿佛还要顺从女性的温柔似的，对他说：

“先生，仓比额尔先生通知过我您这么好意给我带一个消息来，这消息是从……”

卡斯顿听了这句可怕的话，就更清楚他的地位的滑稽，他的低级趣味，他对一位这样高贵这样不幸的女人所有的卑鄙手段了。他不禁红了脸。他那表现万千思想的眼色也错乱起来了；但是突然间，年轻人懂得到错过的情绪里去汲取的力量就安慰了他；于是，他就打断了鲍西恩夫人的话，不是没有做出一个屈服的姿势，用一个大受感动的声调回答她说：

“夫人，我不配有福气来看您，我无耻的骗了您。无论我所听从的情绪如何的伟大，它都不能够叫人家赦免我拿来走到您家里的无聊的欺诈。可是，夫人，要是您好心让我告诉您……”

子爵夫人对钮埃尔先生射去了一道傲慢轻蔑的目光，她举起手来拉铃子的绳索，拉响了铃子，她的随身侍仆也就来了：她威严的瞧着年轻人，对仆人说：

“约克，给先生照路。”

她骄傲的站了起来，给卡斯顿行礼致敬，再弯下腰去检拾落在地下的书。她的动作的枯燥冷酷跟她拿来欢迎卡斯顿的动作的风流雅致是一样的程度的。钮埃尔先生也离开了坐位，但是他却继续站着。鲍西恩夫人又给他投去一道眼色，好像要跟他说：“哈，您还不出去吗？”

这眼色包含有一种这样刺人的讥笑，卡斯顿甚至于都脸色发青得跟一个即将破产的人似的。几颗清泪在他的眼睛里流转；但是他却忍住泪珠，用耻愧和失望的热火来烧干它；他拿一种既表现谦虚又泄露他对自己价值的自信的骄傲来瞧着鲍西恩夫人：子爵夫人有权利责罚他，但是她得这么做吗？然后，他就出去了。穿行前厅接待室的时候，他的明悟和感情所磨炼的理智就使他懂得他的地位的一切危险。

“要是我离开了这房子，”他对自己说，“我就永远也回不来了；子爵夫人一定要永远觉得我是傻子。一个女人绝不会猜想不出她所感应的爱情；她正是一个女人，也许她还不由自主的觉得这样唐突赶我走未免有点遗憾呢。但是她不应该，也不能够收回成命：倒是我应当了解她。”

想到这里，卡斯顿就停留在石阶上，嘴里叹了一口气，激奋的转过身来，说：

“我忘记了一件东西。”

于是，他又朝着客厅走来；跟在他后面的仆人因为非常尊敬一个男爵和产业的神圣的主权，就被他说出这句话的声调完全给唬住了。卡斯顿没有让人家通报他的名字，就蹑手蹑脚的进来了。子爵夫人以为不速之客是她的随身侍仆，就仰起头来一看，她发现钮埃尔先生在她面前。

“约克已经给我照路了。”他说着，微微的一笑。

他的微笑包含一半惨痛一半雅致的痕迹，给这句话消除了一切嘲弄的成分，说这句话的声调简直可以钻进人家的灵魂。

鲍西恩夫人被解除武装了。

“好罢，您请坐罢，”她说。

卡斯顿用贪婪的动作占据了一张椅子。他的眼睛因为欣幸而激奋，射出一道这样活泼的光芒，子爵夫人甚至于都不能够忍受这年轻的眼色，她就低下眼睛瞧着她的书，尝味着作为男人的幸福根源的常青的快乐，这是女人身上所有的不可磨灭的情绪。卡斯顿猜中了鲍西恩夫人的心情。女人在符合心灵的偏好方面遇到了懂得她的精神的外表矛盾的意义，懂得她那忽而懦怯忽而大胆，既娇冶又天真的感觉的暂时贞洁的一个男子，总是这样的感激啊！

“夫人，”卡斯顿温和的说，“您知道我的错过，但是您不知道我的罪恶。如果您知道我是用哪一种幸福来……”

“啊！当心啊，”她用神秘的气度朝着她的鼻尖举起一只手指，嘴里说；然后又用另外一只手做出一个姿势，要去牵动响铃的绳索。

这神妙的举动，这温和的威胁无疑的就引起了一个悲愁的思想，使她想起她的幸福生活，她的美焕娴雅的全盛时代，使她回忆幸福配合她的精神偏好了，仿佛使她身上的微末动作都再增加一个情趣的时期。她在两道眉毛之间堆上了额头的皱纹；她的脸孔在温和的烛光照耀之下露出了一种阴沉的表情；她用一种严肃而不冷酷的态度瞧着钮埃尔先生，用深深受到他的语言意义所感动的女人的资格对他说：

“这一切都是可笑的！先生，我有权利快乐得发疯的时候，我能够跟您一块儿嬉笑，毫无恐惧的接待您的时候过去的了；但是，今天，我的生活已经改变了，我已经不能够自由行动，我必须对我的行为细加考虑。您因为什么情绪看我来呢？好奇吗？那末，我就得对这暂时的脆弱幸福付上太高的代价了。您已经真心真意的爱上了确实受过人家诽谤而您从来也没有看见过的这个女人吗？所以，您的情绪基础是儿戏，是偶然间出了名的一个错过。”

她忧愤的把她的书掷在她的桌上。

“什么!”她给卡斯顿投去一道可怕的眼色之后，又接着说，“因为我曾经是个弱女子，社会就要我永远如此吗？这是可怕的，这是堕落的。您是不是到我家里来惋惜我呢？您太年轻，您不会同情心灵的苦痛。先生，您得知道清楚，我宁可人家轻蔑我，不要人家怜悯我；我不要忍受任何人的恻隐。”

一会儿的缄默。

“好，您知道，先生，”她用温和悲痛的态度朝着他抬起头来，接着说，“无论是什么情绪把您轻率的带到我这隐虑里来，您都伤刺了我。您年纪太轻，您不会完全没有良心，您会感觉到您举动的无稽；我宽恕您，我现在没有苦楚的给您说这些话。您不会再到这里来，不是吗？我还能够下命令的时候，我只请求您。如果您再来看我，您我的力量都不能够阻止全城的人误会您是我的情人，您也就给我愁上加愁了。我想这绝不是您的本意。”

她停口不说了，同时又用一种真正的威严瞧着他，都使他的心灵错乱。

“我错了，夫人，”他用深沉的声调回答说，“但是，热诚，卤莽和追求幸福的需要，在我这年纪的人方面，既是我们的美德，又是我们的过错。现在，”他接着说，“我懂得我不应该想方法来看您，然而我的欲望是很自然的……”

他设法用更多的情绪，更少的理性去叙述他的必要的隐居生活罚他去忍受的苦痛。他描写一个情火燃烧的年轻人的状况，叫她想想他是一个值得温柔爱恋的人，然而却不认识一位年轻貌美，聊有趣味，高雅精致的女人所感应的爱情的滋味。他解释他缺乏礼仪的情形，而不愿意加以辩护。他阿谀鲍西恩夫人，给她证明她正好是大部分年轻人所不断追求而无结果的典型情妇。然后，他又说到他如何一清早就在古尔西尔大楼周围散步，他如何看了这所他终于能够进来的大楼就生出了荒唐的念头，他就这样的激起了女人心里对她所感应的狂疯而生的莫名的宽恕。他叫她在这冷漠的孤单生活里听到钟情的声调，他就在这孤单的生活里给她带来年轻人的热烈灵感和泄露高贵教养的美焕精神。鲍西恩夫人很久以来都没有看到这种真挚的感情，她不会不强烈的感觉到这些感情的甘美滋味。她不能够阻止自己去观看钮埃尔先生的表露情热的脸孔，去欣赏未尝受过人生经验的破坏，未尝受过虚荣计算的吞噬的这个美丽诚实的灵魂。卡斯顿是全盛时代的年轻人，一个还不知道自己的远大前程的有气概的男子。所以，两个人都不知不觉的使对方生出最能危害他们的休息的思索，竭力的互相隐瞒。钮埃尔先生认出子爵夫人是个罕见的女子；这种女人往往是她们的完美和她们的不可磨灭的柔情的牺牲品，一旦允许人家钻进具有无穷情绪，一切良善，由美的本能和各种爱情的表达，由这些结合在一起去净化情欲的心灵的时候，她们的娴雅美丽其实只是次要的蛊惑：这是令人敬仰的女人的秘密，这是大自然轻易不赐给人家的珍贵礼物。在她一方面，子爵夫人听了卡斯顿拿来叙述他的青春的不幸的真挚声调，也就猜到了懦怯的性格在二十五岁的伟大孩子们身上给强加上的苦痛，如果十载寒窗的勤学阻止他们去腐化，禁止他们和那些拿理性的经验去腐蚀年轻人的美德的社会人士相接触的话。她在他身上找到了一切女人所有的梦幻，心里还没有自私的家庭观念和财产观念，还没有一发泄就要杀害忠诚，光荣，克己，自尊的个人主义情绪的一个男子：这些灵魂的花朵最初使生活富有细腻的感情，不管这种感情如何的强烈，又使男人的洁净心灵复生；然而有了这个人主义的情绪，就立刻枯萎了。一旦投身于广阔的情绪领域里，他们就在理论方面走得非常悠远，互相探测彼此的灵魂，互相查询彼此的真意。这种察究在卡斯顿方面是不由自主的，但在鲍西恩夫人方面却是有意的预谋。她用先天的精细或后天的狡猾去表露跟她相反的意见而不损伤自己，希望能够由此而探知钮埃尔先生的见解。她非常聪明，非常文雅，她对一位她相信不能再见到的引不起她的任何疑窦的年轻人的行为都是非常得体的，卡斯顿甚至于都天真的喊了起来，来回答她自己所说的一句聊有趣味的话：

“呃！夫人，一个男子怎样会抛弃了您呢?”

子爵夫人没有回答。卡斯顿红了脸，他想他已经触犯了她。但是这位女人却让自从不幸的日子以来第一次重新觉到的深长真切的快乐给惊动了。最能干的浪子也不会用智巧做出钮埃尔先生从心田里吐出的喊叫所得到的成功。他的判断是年轻人的真诚表现，使她在他眼里变成了天真的女人，这判断责难了社会，咒骂了抛弃她的男人，解释了她在其中衰老的孤单生活。这样祈求而被拒绝的人世的宽恩，动人的同情，社会的尊敬和秘密的欲望都在这一喊叫里形成了；这喊叫又被心灵的温和阿谀和女人们所贪婪尝味的崇拜给美化了。所以，她算是已经得到人家的了解了，钮埃尔先生很自然的给她机会，让她从跌倒里渐渐的爬了起来。她瞧了一下挂钟。

“啊！夫人，”卡斯顿喊道，“别责备我糊涂。要是您只答应我一个晚上的会谈，就请您赏我一个面子，别再缩短它。”

她用微笑给他致敬。

“可是，”她说，“因为我们不应当再见面，多一刻钟少一刻钟，又有什么关系呢？要是我叫您快乐，这恐怕要变成一个祸根。”

“一个已经来了的祸根。”他悲恻的回答说。

“别跟我说这个啦，”她严厉的接着说，“要我不是这个地位，我一定要快乐的接待您。我要给您直截了当的解释，您就可以明白为什么我不愿意，为什么我不应该再见您。我相信您有伟大的灵魂，您不会不感觉到要是人家再一次狐疑我的错过，全社会的人就要认为我是一个卑劣庸俗的女人，跟其他的女人一模一样。洁净无疤的生活可以使我的品格特别显明。我太骄傲，我不会不设法拿一个稀有分子的资格，因为婚姻而当了法律牺牲的资格，因为爱情而当了男人们的牺牲品的资格居留在社会里。要是我不忠实于我的地位，我就值得一切的诽谤，我也要失去了人家对我的尊敬。我并没有最高的社会道德，让我归属于一个我所不爱的人。我不顾法律的缚束，打破了婚姻的联锁：这是一个错误，一个罪愆，您要说它是什么就是什么；但是在我看来，这状态就等于死。我曾经愿望过生活。要是我有了孩子，我也许可以找到力量去支持风俗习惯所给我强制加上的婚姻的苦楚。十八岁的时候，我们这些可怜的少女，我们一点儿也不知道人家要我们做些什么。我破坏过社会的规律，社会也责罚过我；彼此都是公平的。我曾经寻觅过幸福。追求幸福难道不是我们的天性吗？那时候，我是年轻的，美丽的……我曾经相信过见过一个跟他外表的多情神气同样爱恋我的人物。我曾经有一度受到人家的热烈爱恋！……”

她歇了一会儿。

“我想，”她接着说，“一个男子绝不应该在我所有的情景里抛弃一个女人。人家离开了我，也许是我让人家不快乐。是的，我的确违反一些自然规律：也许我太痴情，也许我太忠诚或太苛求，我也不知道到底是哪一个情形。不幸的遭遇使我明白了。当了长期的原告之后，我就让步来当唯一的罪犯。所以，我就算是牺牲了我自己来赦免我相信必须加以怜惜的那一个人。我没有那么巧妙来守住他：命运已经狠毒的责罚了我的笨拙。我只懂得恋爱，然而恋爱的时候还有方法想到自己吗？所以，当我应该当暴君的时候，我却当了奴隶。将来认识我的人能够责备我，但是他们也能够敬重我。我的苦痛告诉我绝不要再冒一次被弃的危险。我不知道受了女人生活里接着悲惨的变故而来的最初一星期的苦楚之后，我怎么还能够活着。我们得单独的活过三年才能够有力量像我现在似的来说这苦痛。平常的情形，苦痛的结局就是死，但是，先生，这却是一个不拿坟墓来结束的苦痛！噢！我太苦痛了！”

子爵夫人仰起她的美眸，朝着剜形饰瞧去；无疑的，她是把不应当让陌生人听见的话向这剜形饰述说的。

在女人们不敢正视对话人的时候，她们所能够找到的最温和，最贴伏，最悦人的知己就是一个剜形饰了。一间化装室的剜形饰简直就是一个制度。它难道不就是没有牧师在内的一间忏悔室吗？这时候，鲍西恩夫人是口齿伶俐，容貌美丽的；我们甚至于应当说她是娇冶的，如果这个字眼不太刺目的话。当她给自己辩护，给她和爱情之间放上最高的障碍物的时候，她就针刺着男人的一切情绪；她越注重她之后，她就低下她的眼睛，瞧着卡斯顿。

“您承认我得保持冷静孤单的生活吗？”她用平静的声调对他说。

钮埃尔先生觉得心里有一种猛烈的欲望，要跪在既有高卓的理性又有神妙的疯狂的这个女人脚前。但是他却只怕被她窃笑。于是，他就抑制了他的兴奋和思想：他害怕不能够成功的表达清楚他的意思，又害怕有什么恐怖的拒绝或嘲笑来冰冷最热烈的灵魂。情绪的一伸一缩的反响使他生出懦怯的人或富有雄心的人被迫去吞下欲望的时候所认识的深刻的苦痛。可是，他却不能够不打破缄默来用颤动的声音对她说：

“夫人，请您允许我献身给我生平所有的一个最大的感情，给您承认您要我承认的事情。您使我的心放大！我觉得我心里有个欲望，要拿我的生命来使您忘记您的悲哀，来为那些曾经仇恨过您和伤刺过您的一切的人而爱您。但是这是突然的吐露真情，是今天任何的东西都不能够证明的，是我所应当……”

“够啦，先生，”鲍西恩夫人说，“我们大家都走得太远了。我不过是要使您明白我所以不得不拒绝您并不是残酷的表现，给您解释悲痛的原因罢了，我并不是要取得您的敬重。只有幸福的女人才可以撒娇。请您相信我，让我们大家还是保留彼此的生疏地位。将来您会懂得联系终有破坏的一天就不应当结上联系。”

她轻轻的叹了一口气，她的额头皱了起来，立刻恢复了贞洁的形状。

“一个女人不能够跟随她平生所爱的男子去，”她接着说，“她要怎么样的苦痛啊！而且，要是她真的被爱的话，这深愁不是得可怕的回响在这个男子心里吗？这难道不是双重的苦痛吗？”

一会儿的缄默之后，她又笑着，起来让客人离座，嘴里说：

“您没有想到是到古尔西尔大楼来听一段说教吧？”

这时候，卡斯顿觉得自己要比刚才接近她的时刻离得更远这位奇异的女人。他认为刚才的甜蜜蛊惑是喜欢舞弄聪明的女主人的娇冶的结果，就冷冷淡淡的对子爵夫人行了敬礼，失望的出去。男爵一边走路，一边设法寻觅这个发条一般又软又硬的女人的真正的个性；但是他已经看过这个性的许多变化，他实在不能够给它定下一个正确的判断。然后，她的声调就在他的耳鼓里回响，而回忆也给她的姿势，她的脑袋的神气，她的眼睛的烈火加上许多魔力，使他更加依恋这个观察。在他看来，子爵夫人的美丽还在黑暗里发亮，他所得到的印象又一个引出一个的浮现了出来，再一次的诱惑他，给他揭露女人的温柔和不能立刻看到的精神。他坠进一种荒唐的默思里。在这种默思里，最明确的思想也会彼此冲突，互相攻击，而把灵魂掷进一个短期的疯狂里。必得是年轻的人才能够揭破，才能够了解这种抒情诗的排布而成为希望或失望的一个思想之下。二十三岁的男子几乎都受谦卑情绪的控制：少女的含羞，少女的错乱都激动他；他只怕不能够正当的表达爱情；他只看到困难，害怕困难；他因为没有取悦女人而战栗；如果他没有这样的爱恋，他倒会变成大胆的；他越感到幸福的代价，就越不相信他的情妇能够轻易赐他幸福，也只怕不会给人家任何的福祉；如果他的偶像不幸是专横成性的，他就敬而远之的偷偷的崇拜她；如果人家没有猜出他的心绪，他的爱情也就消灭了。这种早熟的情感，死在年青人心里的情感，往往留在那里发出幻想的光辉。这种纯洁的回忆后来总要更加温存的重新浮现，带来一个全福的印象。谁没有几个这一类的回忆呢？这些回忆就像是壮年夭逝的孩子似的，他们的父母只认得他们的微笑。钮埃尔先生所以就带着一个包孕各种极端决定的情绪从古尔西尔回来。鲍西恩夫人已经变成了他的生存条件：他宁可死去，不愿意没有她而活着。他还相当的年轻，他可以感受完全的女人对于幼稚多情的灵魂所施展的残酷的眩惑，他得过一个风波似的夜晚；年轻人往往在这种夜晚里从幸福走到自杀，从自杀又走到幸福，吞没整个的幸福生活，精疲力尽的睡下。这是惨痛的夜晚，能够到来的最大的幸福就是醒来当一个哲学家。钮埃尔先生的爱情未免太真切了，他没有能够睡觉，就起来写了许多信。但是没有一封信可以使他满意，他也就把它们通通的烧了。

第二天，他又到古尔西尔大楼的小围墙周边去绕圈儿，不过是在夜色来临的时候去的，因为他怕子爵夫人看见了他。这时候，他的情绪是天性神秘的灵魂所有的一种，得有年纪还轻的男子或同样地位的人才能够了解这种情绪的无声快乐和怪诞，才能够了解叫相当幸福去发现生活实利的人耸肩的一切东西。经过几次困苦的犹豫之后，卡斯顿就给鲍西恩夫人写了下面一封信。这封信可以当做痴情男女的模范情书，可以比拟孩子们在父母生长的日子偷偷画好的图像，除了接受的人以外，谁都觉得讨厌的礼物：

夫人，

您在我的心上，我的灵魂上，我的整个身体上施展着这么威严的权力，今天我的命运已经整个的依赖您了。请您别把我的信给扔在火里。请您好心来念一念它。如果您看出这第一句话并不是庸俗的情誓，也不是有目的的宣言，而是一个自然事实的表达，您也许就会宽恕我了。我的谦虚的恳求，我的自卑感给我感应的谦逊，您对我的生命所有的决定性的影响，这些也许可以感动您。在我这样的年纪，夫人，我只懂得恋爱，我一点儿也不知道什么东西可以取悦一个女人，什么东西可以诱惑一个女人；但是我却在心里觉得有一种崇拜她的陶醉。我无可奈何的被您所叫我尝味的无边快乐给吸引到您身上来，我用牵引我们到热烈生活方面去的自私观念来想念您。我并不相信我配得上您。不，我觉得像我这样年轻，无知，懦怯的孩子只能够给您带来我在听您说话看您行动的时候所享受的幸福的千分之一的福祉。在我看来，您是世界上唯一的女人。我想象不出没有您，我的生活会变成什么样子，我决定要离开法兰西，拿我的生命去冒险，一直等到把它毁灭在我在印度诸地，非洲或我也不知道的什么地方所从事的不可能的企业里为止。我不是得拿什么无穷的东西去跟无边的爱情斗争吗？但是，要是您愿意给我留下一线希望，不必让我属于您，只要让我跟您做个朋友的话，我就留在法兰西。请您允许我在您身边过几个钟头，就跟上一次我意外享到的权利似的。如果您要求的话，就是少少的一两次也无不可。享受这种脆弱的幸福可以禁止我去说任何过分热烈的话，足以使我忍受我的血液的沸腾。我请求您接受只对我有利的一笔买卖，这不是过分的估计您的慷慨吗？您懂得怎么样使您对它大量牺牲的社会看出我并不是您的什么东西。您太聪明，您太骄傲！您有什么可怕的呢？现在，我希望能够给您打开我的心，给您说明我的谦虚要求并没有任何隐藏的意向。如果我有希望叫您了解埋藏在我灵魂深处的情绪的话，请求您给我交朋友的时候我就不会对您说我的爱情是无边的。不，我要依据您的意向，在您身边当您所要我当的角色，只要我能够在您身边。要是您拒绝我，您当然可以拒绝我，我也不至于呻吟太息，我就走了。要是将来有您以外的其他女人成为了我生命的什么东西的话，您也可以找出它的理由；但是，要是我忠实于我的爱情而死去的话，您也许会懊悔的！我希望使您懊悔，这种希望可以减轻我的苦楚，这将是我被您误解的心的一切报复……

如果我们要了解钮埃尔·卡斯顿哈鲍西恩夫人提出这第一个“通牒”的时候心里有怎么样的苦楚的话，我们就得记清楚这青春时代的一切超等的苦痛，我们就得爬上有一对朝着炽烈的幻想给献出女性臀部的白色翅膀的一切怪物背上。他仿佛看见子爵夫人是冷淡的，讥笑的，嘲弄爱情，好像不再相信爱情的女人似的。他甚至于都要收回他的信，他觉得这封信是无稽的，他的心头涌出了成千美上不知道多少倍的思想，比起生硬的句子，过事推敲的句子，值得咒诅的诡辩夸张的句子都更动人。幸而他的标点相当的凌乱，写得非常的倾斜。他设法不思想，不感觉，但是他却仍然思想，仍然感觉，仍然苦痛。如果他上了三十岁的话，他一定会到醉乡里去寻安慰，但是这位还很天真的青年既不认识鸦片烟的功效，也不认识极端文化的法门。他身边并没有懂得对您说："诗人，别烦恼！"而给您递过一瓶香槟酒，或是引您去狂饮，藉它来减轻您的犹疑的苦痛的一位巴黎的好朋友。这种朋友是难得的。您富裕的时候，他们总是破产了的；您寻找他们的时候，他们总是在湖沼区消游；您向他们借钱的时候，他们总是在赌场里输了他们的最后一个金路易，然而他们却总有一匹坏马要卖给您；总之，他们是世界上最好的孩子，总是等着跟您一块儿登高，来走下斜坡，去消耗时间、精神和生命！

钮埃尔先生终于从约克手里收到了一封信。这封信是写在一张小羊皮纸上的，外面有一个代表布尔岗家徽的馨香的蜡封，都叫人嗅出美人的香味。

他立刻跑去把自己关在房子里，重复的念读她的信。

先生，

您以怨报德。我好意给您免除一个残暴的拒绝，免除您的精神总在我身上施展的诱惑。然而您却对我这好意加上了这么严厉的责罚。我相信年轻人的贵质，然而您却欺慢了我。不过，我要不是打开心给您说话（这真是无稽），至少我总是坦白的跟您说话，我已经给您说过我的地位，目的是要使一个年轻的灵魂了解我的冷淡。您越使我感觉兴趣，您给我产生的苦痛也就越剧烈。我的天性是温和的，善良的；但是环境却使我变成一个坏人。别的女人一定要烧掉您的信，连看都不看；然而我，我却看了，还给您回信。我的推理可以给您证明如果我对我所引起的一个情绪的表现不是没有感觉，甚至于不由自主的感觉到它的话，我却不会投身其间，我的行为也可以给您指示明白我的灵魂是诚恳的。所以，我愿意为您的好处而利用您给我在您身上送来的一种权威，希望能够一次的施行就可以揭开蒙蔽您的眼睛的布幕。

我刚上了三十岁，然而您却好容易才过了二十二岁。您自己都不知道到了我这年纪的时候您将有哪一种思想。今天您这么轻易发出的誓言，那时候您会懂得它的沉重了。今天，我倒很想相信它，您会给我毫无遗憾的献出您整个的生命，您甚至于都会为着一个暂时的快乐而死去；但是，二十岁的时候，经验就会给您除去了每天叫您牺牲的力量，而我，我也会因为接受这些牺牲而深受侮慢。总有一天，一切的东西都要给您下命令，自然界本身都要命令您离开我；我已经告诉过您，我宁愿死，不愿意被弃。您知道不幸的遭遇已经教我怎么去计算了。我用理性去推理，我没有任何的感情。您逼着我对您说我一点儿也不爱您，我既不应当，也不能够，也不愿意爱您。我已经度过了女人们在没有思考的心灵动作之前让步的年龄，我不会变成您所窥伺的情妇。先生，我的安慰是来自上帝，并不是来自男人。何况我也用失恋的悲痛的灯光看得太清楚人心的神秘，我绝不会接受您所请求于我，您所建议的朋友交情呢。您让您的心给欺骗了，您更希望我有弱点，而不希望您有力量。这一切都是本能的效果。我原谅您这小孩子一般的奸计，您还不是这奸计的从犯。我用这暂时爱情的名义，您的生命的名义，我的清静的名义命令您留在您的祖国里，不要在那里因为一个终究要熄灭的幻想而失去一个光荣的人生。将来等您完成了您的真实的命运，发展了男人所等待的一切情绪之后，您就可以明白我的回答了；这时候，您也许都要骂我的回答太冷酷呢。那时候，您可以快乐的重新找到一个老妇人，她的友情一定对您是温和而珍贵的：她既不会变迁她的感情，也不会解除生活的蛊惑；总之，高尚的思想，宗教的观念会保全她的洁净神圣。永别了，先生，请您听从我的话，请您想想您的成功会使我在孤单的生活里感到愉快，您只应当跟人家思念不在人间的人似的想念我。

读毕这封信，钮埃尔·卡斯顿就写了这几句话：

夫人，

要是接受了您给我献来，让我当平凡男子的机会就停止爱您的话，我就是该死的，您承认这句话吗？不，我绝不听从您，我给您发誓我的忠实只能够由死亡来加以破坏。噢！拿走我的生命罢，除非您不怕得在您的生命里给放上一个悔恨……

钮埃尔先生的仆人从古尔西尔大楼回来的时候，他的主人就对他说：

“你把我的信交给谁呀？”

“交给子爵夫人自己：她正坐在车上，出门去了……”

“出门到城里来吗？”

“先生，我想恐怕不是吧。子爵夫人的车都驾上了驿马呢。”

“啊！她走了。”男爵说。

“是的，先生。”仆人回答说。

卡斯顿立刻准备一切跟着鲍西恩夫人去。她把他一直引到日内瓦，而还不知道有他陪着她。旅程里打击他的万千思想之中，“为什么她走了呢”这个念头特别占住了他的脑筋。这句话是许多假设的根源，在这一切假设里，他所选择的当然就是这最合意的解答了："要是子爵夫人愿意爱我的话，像她这样聪明的女人，她一定要选择谁也不认得我们的瑞士，不要抽选可以碰到许多监督的法兰西。"

有的情场勇士不会喜欢一个相当能干去选择爱情地点的女人，这些都是精明的男子。何况任何的东西都不能够证明卡斯顿的假设是事实呢。

子爵夫人在湖边租了一间小房子。安顿停当之后，一天美丽的黄昏，夜色降临的时分，卡斯顿就到这房子里来了。她的随身侍仆约克不愧是一个贵族的侍仆，他一点儿也不惊异钮埃尔先生来拜访，就用明白一切事情的仆人的资格通报了年轻人的名字。鲍西恩夫人听了这名字，看了这青年，就让她手里拿着的一本书落在地下；她的惊讶正好让卡斯顿趁着时间走到她身边，用一道在她听来相当甘美的声调对她说：

"我真快乐能够应用带您到这里来的马！"

这样的让人家顺从了她的神秘愿望！不会对这种幸福让步的女人在哪儿呢？意大利女郎的灵魂和巴黎女郎的灵魂正好相反。在这些神圣的意大利女郎里，有一个阿尔卑山这一边①的人认为非常不道德的女人，阅读法兰西小说的时候，她就说："我看不出来为什么这些可怜的情人花了这么多时间去排布人家可以一个早晨就办好的事情。"为什么作者就不能学这个意大利女郎的模样，不花太多的篇幅来使读者和题材干燥无味呢？这里颇有不少动人的风流韵事可以描写的：鲍西恩夫人因为要给卡斯顿带上幸福，来跟古代处女似的坠入情网，或来享受一个初恋的贞洁的情欲，使他能够发扬他的力量的最高表现和甜蜜的迟归。钮埃尔先生的年

① 阿尔卑（Alpes）是意大利和法兰西之间的山岭，这里指的就是法兰西。

纪正好是一个男人还可以让女人所垂涎的偏好和嬉戏给加以欺骗的年龄。女人们往往要延长这些偏好和嬉戏，这也许因为她们要确定她们的地位，也许因为她们要更长享受她们的权力，她们本能的猜到这种权力不久就要变成明日黄花。但是这些化装室的记录虽然没有伦敦会议记录那样的冗长，然而在这篇叙述真情的故事里却的确没有什么重要的地位，实在值不得一提。

鲍西恩夫人和钮埃尔先生在子爵夫人租用的日内瓦湖边一间小别墅里同居了三年。他们孤独的住在那里，没有看见任何一个人，没有让人家谈到他们，登舟浮游，睡得很晚才起床，总之，都像我们所梦想的那样的幸福。这小别墅是一所简朴的房子，带有绿色百叶窗，围绕着饰有布幕的宽阳台，这是情人们所居住的真正的“金屋”，设置有白色安乐椅，清静的地毯，新鲜的帘幕的房子。这里的一切都发出快乐的光芒。从每一只窗口看去，湖水都显出各种不同的景致；远处里是山岭和若有若无的，染色的，浮云似的幻景，在这些上头就有美丽的天空；在这些前面就有一道媚态百出变化无穷的瀑布！一切的造化都像为着他们而梦幻，一切的东西都像对着他们而微笑。

严重的变故把钮埃尔先生召回巴黎去：他的哥哥和父亲都死去了；他得离开日内瓦。两位情侣已经购置了这所房子，他们真想粉碎山岭，打开活塞让湖水流逝，因而能够把它带走。鲍西恩夫人跟着钮埃尔先生回来。她变卖她的财产，在孟乃维尔附近购置了接连卡斯顿士地的相当可观的产业，他们也就一同在那里住下了。钮埃尔先生非常慷慨的把孟乃维尔地产的使用收益权让给他的母亲，换得让他当单身汉的条件。鲍西恩夫人的地产就坐落在一座小城附近，乌慈溪谷的最美的一个地位上。两位情侣在那里给他们和社会之间筑上了任何社会思想，任何人都不能够越过的隔墙，重新找到了他们在瑞士所过的美丽日子。九年的光景，他们都尝味着无需描写的幸福；这篇故事的结局无疑的可以使那些能够了解各种式样的诗句和祈词的灵魂猜想到这幸福的滋味。

然而鲍西恩夫人的丈夫鲍西恩侯爵（他的父亲和他的哥哥都死去了，他因此也就袭取了侯爵的爵位）却享有一种健康的幸福。任何东西都不能够比确信可以用我们的死亡去叫别人幸福的信念更能帮助我们好好的活着。鲍西恩先生是一个顽固的滑稽的人。这种人就跟依靠养老金生活的人似的，每天精神饱满起床的时候，都觉得比别人多有一层快乐。他毕竟是个风流人，有点权术，多礼，能够跟一个说“太太，已经预备好了”的仆人一样冷静的对一个女人宣告爱情盟誓的计算家。

这一段关于鲍西恩的身世的小注目的在于使人明白侯爵夫人怎么样的不能够嫁给钮埃尔先生。

一个女人所能签定的最称心的契约，九年的幸福之后，钮埃尔先生和鲍西恩夫人又陷落在这冒险生活开端以来他们所停留的同样自然同样蹇乖的境地里；这是无从定名的变动，然而我们却能够用数学的正确性来标明它的“项”。

卡斯顿的母亲钮埃尔伯爵夫人一向不愿意看见鲍西恩夫人。她是个品行端正的刚强的女人，曾经合法的完成过老钮埃尔先生的幸福。鲍西恩夫人明白这位体面的老寡妇一定是她的仇敌，会设法把卡斯顿从不道德的违反宗教的生活里拯拔而出。侯爵夫人很想出卖她的土地，回到日内瓦去。但是这种举动就等于怀疑钮埃尔先生，她不能够实行。何况他刚刚好对发勒罗瓦的土地发生了极大的兴趣，在那里到处栽种，遍地开垦呢。这难道不就是给他夺去了女人们总要给她们的丈夫，甚至于情人馨香祷祝的一种机械的幸福吗？这地方来了一位罗地埃尔家的小姐，年纪二十二岁，富有四万佛郎的年租。卡斯顿每次到孟乃维尔去工作的时候，都碰到这位女承继人。这些人物于是就像数学上的比例项似的安排在那里，下面一封一天早上送交给卡斯顿的信可以解释清楚一个月以来鲍西恩夫人怎么样的想要解决这疑难的数题：

我亲爱的天使，

我们彼此心心相印生活在一起的时候，任何的东西都不能够隔离我们的时候，我们的摸抚就是我们的语言，而我们的语言也就是我们的摸抚的时候，来给你写信，这难道不是一种谬误吗？可是，不，我的爱。有些事情是一个女人不能够在情人面前说的；只要一想到这些事情，她就没了声音，她的一切血液也就朝着她的心脏倒流了；她既损失了她的力量，也抛弃了她的精神。这样的留在你的身边，这实在叫我苦痛；这种情形而且是我所常有的。我觉得我的心应当对你完全忠诚，不应当对你隐瞒任何思想，甚至于一时的念头；我太喜欢这样适合我的自由的滋味，我不愿意长时期的受困，长时期的别扭。所以，我要告诉你我的苦痛：是的，这是一种苦痛。听我的话！请你别再嚷哒，哒，哒……你用我所喜欢的这种吊儿郎当的态度使我都说不出话来，因为你所有的一切举动都使我喜欢。你是我的天上的配偶，亲爱的天上的配偶，请你让我告诉你你已经消除了从前压得我要死的苦痛的回忆。我只由你而认识爱情。得有你的青春的诚实，你的伟大灵魂的纯洁才可以满足一个强求的女人的心的强求。朋友，我常常一想到在这迅速而悠长的九年之中我从来也没有妒忌过，就快乐得连心都跳了起来。我有你的灵魂的一切花朵，我有你的一切思想。我们的天空没有任何的云雾，我们都不知道什么叫做牺牲，我们总是顺从心灵的感应。我享受了一个女人所有的无边的幸福。潮湿这封信的泪珠可以给你说明我的一切感恩吗？我都想在膝盖上来写它。唉，这幸福倒叫我认识一个比较被弃还要可怕的苦楚。亲爱的，女人的心有许多深的褶痕：我一直到现在都还不知道我的心到底有多深，正如我还不知道我的爱情的程度似的。能够粉碎我们的最大的悲愁也比想到我们所爱的人的不幸容易忍受。而且，要是我们谈到这不幸的话，这难道不就是要消除它吗？……这就是压迫着我的思想。但是这思想却在后面牵引着一个更沉重的思想；这后者可以损害和杀戮爱情的光荣，使它变成破坏人生的一种耻辱。你三十岁，我可四十岁。这年龄的差别不会给一个痴情的女人感应哪一种恐怖呢？你可能最初无意，后来严肃的感到你为我而舍弃人世的一切所给我贡献的牺牲。也许你也曾想到你的社会命运，想到一定能够使你增加财产，允许你承认你的幸福，你的儿女，转移你的财富，让你在社会上出头，体面的占据你在社会上的地位的这种婚姻。但是你一定已经抑制了这些思想，愿意瞒着我而为我牺牲一个女承继人，一笔财产，一个美满的前途。青年人的慷慨一定已经使你愿意忠实于只在上帝面前连系我们俩的盟誓。我的过去苦痛可以浮现在你面前，我一定可以得到你把我从中救出的不幸所给我的保护。因为可怜我而爱我！这思想都比害怕叫你丢失生命还要使我厌烦。那些懂得在情妇幸福纯洁的时候，在她们的幻想里杀死她们的人实在是慈悲的……是的，死亡要比几天以来使我暗地悲痛的两个思想还可取。昨天，当你这样温和问我“你怎么啦?”的时候，你的声音都叫我战栗。我相信依照你的习惯你已经读出了我的灵魂，我等着你的知心话，我想象在揣测你的理性的计算里已经有了正当的预感。那时候我就回忆到你平常所留心的几桩事情，但是我也相信我已经在这些事情里看到了男人们拿来忍受苦楚的忠诚的做作。这时候，我已经为我的幸福付了相当大的代价，我已经感到自然界总是出卖我们的爱情宝库。事实上，命运不是已经把我们分开了吗？你一定要对你自己说：“迟早我得离开可怜的克拉儿，为什么我不趁着恰当的时机离开她呢？”这句话其实就写在你的眼色里。我离开了你，到距离你远的地方去流泪。给你遮瞒我的眼泪！这是十年来悲哀使我流出的第一次眼泪，我天性骄傲，我不会让你看见它；但是我一点儿也不责难你。是的，你有道理，我不应当自私来强制你的光荣悠长的生命来屈从我的破损的生命……但是要是我错了呢？……要是我误会把你的爱情的哀怨看做一个理性的思想呢？……啊！我的天使，别让我孤疑不定罢，就请你责罚你的妒忌的女人罢；但是请你送还她她的爱情和你的爱情的良心罢：整个的女人都在这制裁一切的情绪里。自从你母亲来了之后，自从你在她家里看到罗地埃尔小姐之后，我都受到侮慢我们的怀疑的袭击。你就叫我苦痛罢，但可别骗我：我要知道一切，你母亲到底对你说些什么，你脑筋里到底想些什么！如果你有什么东西犹豫不敢告诉我的话，我就让你自由……我会隐瞒你我的命运，我会避开你流泪；不过，我可不愿意再看见你……噢！我不写了，我的心都碎了……

我忧郁发傻了一些时候。朋友，我找不出什么骄傲来对抗你，你太好，太坦白了！你不会伤刺我，你不会欺骗我；但是你会告诉我实在的情形，无论它如何的冷酷。你要我鼓励你说真话吗？唉，我的心肝，女人的一个思想可以安慰我。我不会占有你这样年轻，纯洁，文雅，美丽，甜蜜的人，任何女人都不能够认识而我却曾经享受过的一个卡斯顿吗？……不，你不会再像你从前爱我，现在爱我这样的爱上别的女人；不，我绝不会找到一个情敌。想到我们的恩情（这是我的整个思想），我的回忆就不会是苦涩的。你不是从此之后不能够再用幼稚的挑拨，年轻心灵的雅致，灵魂的娇媚，身姿的温柔，情欲的交通，陪伴少年情爱的一切仪仗去诱惑一个女人吗？啊！你现在已经是个成年人了，你会计算一切去听从你的命运。你会生出谨慎的心情，忧愁的情绪，野心和疑虑，给她取消了使你的嘴唇为我而美化的恒定不变的微笑。你的声音在我看来总是这样的温和，但有的时候却可以变成悲怨的。你的眼睛瞧着我的时候总是这样的发出光亮，但却可以在她看来总是这样的暗淡无光。再说，这个女人也不能够像我这样的爱你，她绝不能够像我这样的使你愉悦。她绝不能够像我这样关心的照应你，像我这样的不断用智慧去研究你的幸福。是的，我所认识的这个人，这颗心，这只灵魂就不会存在了；我要把它埋藏在我的回忆里，让我再来尝味，再来幸福的活在这过去的美丽的生活里，但是这种生活却是你我之外任何人所不认识的。

我的宝贝，如果你没有任何想要自由行动的念头，如果我的爱情并不叫你为难，如果我的恐惧只是幻觉，如果我永远都是你的夏娃，你的世界上唯一的女人，读完这封信，就请你来，快快的跑来！啊！我相信我会在这一刻钟之间比这九年来我对你的敬爱还要爱你。忍受了我给你泄漏的这些无谓的狐疑的苦楚之后，加在我们爱情上面的每一天，是的，只这一天就可以等于幸福的一生。所以，你就说罢！你得坦白的说：别骗我，要不然，这就是一个罪恶。你说吗？你要你的自由吗？你想到你当丈夫的生活吗？你懊悔吗？我，要是我使你懊悔，我就得因此而死去。我已经告诉过你，我有相当的爱情，我宁可敬重你的幸福，不敬重我的幸福，我宁可注意你的生命，不注意我的生命。要是你能够的话，你就把我们的九年幸福生活的丰富的回忆给消除去罢，别让它受

到你的决定的影响；但是你说罢！我好像服从上帝似的服从你，要是你摒弃了我，上帝就是我所有的唯一的安慰者了。

鲍西恩夫人知道这封信落在钮埃尔先生手里的时候，她不禁全身软了下来，她也就堕进了一种麻木的默思里，因为她的脑海充满着太多的思想，她仿佛都跟昏睡似的糊涂了。她所受的苦痛的确不能够跟女人的力量成比例，只有女人才能够认识这种苦痛。正在不幸的侯爵夫人等待她的命运的时候，钮埃尔先生读了她的信，不禁大为受窘（依据年轻人在这种变故里所用的字眼来说）。那时候他几乎都已经对他母亲的煽动和罗地埃尔小姐的意向低头了。罗地埃尔小姐是个无足轻重的女人，跟白杨树一般的笔直，又白又红，一半的沉静（一切待嫁的女人所应遵守的规条）；但是每年四万佛郎的地租也就够得替她说话了。钮埃尔夫人在诚恳的母爱的支持之下设法诱致她的儿子走上道德的道路。她让他注意到让罗地埃尔小姐选为良人实在是他的荣幸，因为许多有钱的人都曾经对她提过婚事；这是他考虑他的前途的时候了，他再也不会找到同样的好机缘；他有一天可以凑上八万佛郎不动产的年租；财产安慰一切；如果鲍西恩夫人是为他而爱他的话，她就应当第一个人劝他结婚；总之，这位善良的母亲没有忘记任何可以让女人拿来影响男人理性的法术。所以，她也就使她儿子的心起了动摇。鲍西恩夫人的信刚刚好在卡斯顿的爱情跟一个适应社会思想的生活的一切诱惑相格斗的时刻到来；但是这封信却决定了战争的胜负。他下了决心要离开侯爵夫人，缔结婚姻。

“人生总得娶个亲！”他对自己说。

然后，他就忧虑他的决定将要使情妇发生的苦痛。男子的虚荣和情郎的天良使他越加觉得这些苦痛的沉重，他不禁生出诚恳的恻隐。他突然感到这无边的不幸，就相信有施恩消除这致命伤的必要。他希望能够引导鲍西恩夫人保持镇静的状态，让她来命令他缔结这残酷的婚姻，渐渐使她习惯于必要的分离念头，叫罗地埃尔小姐老是跟一个鬼怪似的处在他们中间，先牺牲她，再让她来给他强制这问题。为着使这慈善的事业成功起见，他甚至于都想依赖侯爵夫人的高贵骄傲和她的灵魂的美德。于是，他就给她回信，希望能够消除她的狐疑。回信！在一个除了有真正爱情的直觉之外还有女性的细腻觉察的女人看来，回信就是一篇判决词。所以，约克进来走向鲍西恩夫人，给她交去一张折成三角形的信纸的时候，可怜的女人就跟被捕的燕子似的发抖了。一道无名的寒冷一直从她的头上落到她的脚尖，用一块冰凉的殓尸布来包裹她。如果他并不跑来跪在她面前，如果他并不痴情的带着一副哭丧脸到她这里来涕泣，一切的话也就算是说过了。但是痴情妇女的心有多少的希望啊！我们得拿利剑刺入她们的心才能够杀死她们，她们总会爱恋受苦到最后一刹那。

“夫人需要什么东西吗?”约克用温和的口吻一边问，一边退了出去。

“不需要。”她说。

“可怜的人!”她一边拭干一颗眼泪，一边心里想，“他都猜出我，他，他这个仆人!”

她念信：我的爱，你自己制造了许多幻想……看见了这些字眼，一层厚布就蒙上了侯爵夫人的眼睛。内心的秘密声音对她喊道：“他撒谎!”然后她的视线就因为情感的交通而贪婪的吞噬第一页，念到下面这些字：什么事情都还没有决定……她痉挛颤抖的翻过第二页，看清楚给这封信口授曲折语句的思想，她在这里找不到爱情的激奋的迸射；她揉了信，撕了信，卷了信，咬了信，把它扔在火里，嘴里喊道：

“噢！无耻！他占住了我而不再爱我!”

这样的过去了。卡斯顿相当大胆的给侯爵夫人写了一封长信，遣人送交给她。这封信原封不动的退回来了。侯爵夫人的随身侍仆给他带回这封信的时候，天色差不多都要黑了。伯爵突然奋身跑出客厅（他似乎是在这客厅里听着他的妻子在钢琴上胡乱弹奏黑罗尔的音乐），好像私奔赴约的男子似的飞跑到侯爵夫人家里去。他从熟识的一个墙洞上跳进花园，慢慢的穿行花径，随时停步，仿佛要来抑制心悸的响声似的。走近西堡的时候，他就侧耳倾听里面的微末声息，揣测一切的仆人都坐在桌上吃饭。他一直走到鲍西恩夫人的公寓这边来。侯爵夫人从来也没有离开她的卧室，钮埃尔先生也居然能够一声不响的走到这卧室的门前。他借了两枝烛火的微光在那里看见侯爵夫人消瘦苍白的坐在一张大靠椅里，低下额头，垂着两只手，眼睛盯着一个似乎她连看都看不见的东西上。这是表现得最完整的苦痛。在这态度里好像有个空泛的希望，但是人家不知道布尔岗·克拉儿到底是看着坟墓还是瞧着过去。也许他的眼泪在黑暗里发光，也许他的呼吸生出微弱的回响，也许他不由自主的发出颤抖，也许他的出现不能够没有惯于表现真正爱情的光荣，幸福和证据的吸引的现象。鲍西恩夫人慢慢的朝着门上转过她的脸，看见了她的旧欢。钮埃尔先生于是就向前走上几步。

“要是您向前走，先生，”侯爵夫人脸色发青的喊，“我就从这窗口跳下。”

她朝着开闭窗门的铁梗跳去，开了它，伸出一只脚靠在十字窗外层的支柱上，一只手擒住阳台，脑袋朝着卡斯顿转来。

“出去！出去！”她喊道，“要不然，我就立刻跳下去。”

听了这惊心动魄的喊叫和仆人们的骚动的声音，钮埃尔先生就跟一个贼似的逃走了。

回到家里之后，卡斯顿就写了一封非常简短的信，派遣他的随身侍仆送给鲍西恩夫人，吩咐他告诉侯爵夫人这是关系他的生死问题。信差走了之后，钮埃尔先生就走进他的客厅，在那里看见他的妻子还在继续乱奏音乐。他坐着等待回话。一个钟头之后，音乐演奏过了，夫妻俩冷静的对立在壁炉的两角。这时候，仆人正好从发勒罗瓦回来，给主人递回原封未动的信。钮埃尔先生走进了通连客厅的化装室，拿了他从猎场回来放在那里的一枝枪，自杀了。

这突然的惨痛结局是跟年轻的法兰西的习惯相反的，然而却是自然的。

观察过或尝味过两个人物的完全结合的现象的人们可以完全了解这种自杀。一个女人不会在一天之中长成或屈服在感情的偏好之下。情欲就像奇花异卉似的，它需要智巧的培养。时间是和灵魂浑然合体的，只有时间能够揭破它的一切源泉，产生温柔甜蜜的快乐，我们就是为了这些欢乐而浸染万千的迷信，我们往往相信这些欢乐是赐给我们欢娱的心灵天生所有的。这种珍贵的和合，这种宗教的信仰，这种使我们在爱人身边感觉特殊幸福的信念，这些其实就是长期情爱的一部分秘密。在一位赋有女性天才的女人身边，爱情绝不是一种习惯：她的温情可以化出万千形状，她既聪明，又懂得爱恋，她在她的天性里给放下许多技巧，或在技巧里给放下许多自然的成分，她就这样的使自己在人们的回忆里和现场的生活里都一样的有力。一切的女人都在她身边逊色。我们必须有唯恐丢掉这么广阔这样明亮的爱情的惶恐之心或已经丢掉了它才能够认识这爱情的价值。但是，如果认识它的人因为某种冷酷的婚姻而免除了它，如果能够和他共同遇到同样欢乐的女人居然拿出埋藏在夫妇生活暗影里的事实来给他证明他不会再碰到这些欢乐，如果他还在嘴唇上尝着神圣爱情的滋味，如果他曾经为着怪诞的社会利益而狠毒的伤刺了他的真正的情人，那末，他不是得死去，就是必须有这多情种子所厌腻的自私冷酷的唯利主义的哲学。

至于鲍西恩夫人呢，她一定不会相信给他的朋友慷慨的灌溉了九年的爱情之后他的失望竟会走到寻觅短见的地步。也许她想只有她一个人有可悲痛的地方。何况她又有充分的权利来拒绝最卑贱的瓜分爱情的勾当呢。一个妻子可以拿社会的崇高理由去忍受这种瓜分爱情的生活。但是一个情妇却痛恨它，因为她可以拿爱情的纯洁来解释一切。

一八三二年九月于安古莲

噩　　耗

献　　给

巴勒多·达马梭侯爵先生

噩　耗

我总愿望叙述一篇简单的真故事，说明一个年轻人和他的情妇怎么样恐惧的想要互相躲避到对方的心灵里去，仿佛两个孩子在一块木头旁遇见一条长蛇的时候彼此紧抱似的。

我不愿减低故事的趣味或被人认为过分自负的危险，一开头就给您宣告我的故事的目标。我曾经在这一幕几乎可以说是通俗的悲剧里扮演过一个角色；如果您对它不感兴趣的话，这既是我的错过，也是真的故事的错过。许多实在的事情都是格外烦人的。所以，能够在实在的世界里选出能够含有诗意的故事，这就已经是一半的天才了。

一八一九年，我从巴黎到穆冷去。我的钱包状况逼着我坐在马车的车盖上旅行。您知道英吉利人认为这种车顶的露天坐位是最好不过的。在最初几里路的行车时间里，我找到了成千超卓的理由去证明我们的邻国朋友的意见。

一个在我看来比我略为富裕一些的年轻人因为寻求趣味，也爬上了车盖，坐在我身边的板凳上。他拿无害的微笑来欢迎我的议论。不一会儿，年龄和思想的契合，我们对于大空，对于跟随笨重车子的前进而被发现的富丽山景的共同爱好，还有某种莫名其妙的吸力，这一切的一切都使我们之间彼此生出了暂时的友情，这种友情可以使旅客们愉快的互相迁就，正如蜉蝣的感情似乎必得立刻的消灭，不给将来保证任何的东西似的。

我们还没有走上三十法里路，就谈到了女人和爱情。为着慎重这种环境所需要的一切辞令起见，我们就自然而然的谈到了我们的情妇。我们两个人都是年轻的，然而我们大家却彼此都只做到有个某种年龄的女人，就是说三十五岁到四十岁之间的女人。

噢！一个从孟达尔基斯起就听着我们谈论到我也不知道是哪一站的诗人可以收集许多如火如荼的词藻，令人愉悦的人物描写和许多温存的知心话！我们的贞洁的恐惧，我们的无声的叹息和我们的红羞的眼色都印有一种我再也找不到的天真烂漫的痕迹。无疑的，我们得保持年轻才能够懂得青春的心情。所以我们都十分了解彼此对于爱情的基本意见。

最初，我们开始在事实上和原则上承认颁发出生证是世界上最傻的事情；许多四十岁的女人比某些二十岁的姑娘还要年轻，说到底，我们也的确只能够用表面看来的情形来估计女人的年纪。这制度并不能够限制爱情，我们的确是在无边的洋海里游泳。

最后，把我们的情妇说得那样的年轻，美丽，忠诚，高贵，有趣味，聪明和精细，给她们装上好看的小脚，滑润甚至于馨香的皮肤之后，我们就承认，他说他的某夫人三十八岁，我说我崇拜一位四十岁的女人。

说到这里，我们彼此都有一种莫名的恐惧，我们又谈了许多最知心的话，因为我们觉得大家都是情场的同志。然后，我们的问题就是我们之中到底谁最会表现情绪。一个人曾经一次走了二百法里路去看一个钟头他的情妇。另外一个人曾经冒着可以被人误认为狼而给打死在花园里的危险去赴夜间的约会。总之，我们的一切疯狂！如果回想过去的危险有点快乐的感觉的话，回忆泯灭了的快乐不是也有一些甜蜜的滋味吗？这是双重的享受。我们谈到一切，危急的遭遇，大小的幸福，甚至于开心的戏弄。我的朋友的伯爵夫人曾经吸过雪茄来取悦他；我的伯爵夫人也给我制造过朱古力糖，没有一天不给我写信或来看我；他的伯爵夫人到他家里来住过三天，冒着生命的危险；我的伯爵夫人做得还要合适，或是还要糟糕，如果您要这么说的话。

我们的伯爵毕竟都崇拜我们的伯爵夫人；他们就跟奴隶似的生活在一切爱恋的女人所有的娇媚之下；他们比命令所指示的还要显得愚笨，他们只做些增加我们的快乐所必要的事情来威吓我们。噢！清风多么快的带走了我们的言词和我们的温和的笑声啊！

到达倍伊的时候，我非常注目的端详着我的新交朋友的身姿。我当然不难相信他必定被人家非常严肃的爱上。

请您想象一个中等身材而比例恰当的年轻人，他的脸孔是快乐而富有表情的。他有黑色的头发和蓝色的眼睛；他的嘴唇略带红色，他的牙齿既洁白，又整齐；一道雅致的苍白颜色润饰着他的细嫩的脸纹，一道浅灰的色泽框住了他的眼睛，好像是久病初愈。除此之外，他还有一双白色的手，好像一双美女的手似的非常有体态，非常有修饰，他似乎受有高等的教育，非常的聪明，您也不难同意我的话，认为我的旅伴能够使一位伯爵夫人荣幸。总之，许多的少女都希望嫁给他，因为他是一个子爵，富有差不多一万两千到一万五千佛郎的年收，还没有计算他所要承继的遗产。

倍伊过去一法里的地方，马车翻倒了。我的不幸的朋友认为应当跳下新到耕种的田园旁边去求得生命的安全，不应当像我这样的抓住板凳，随着马车的动作。他跳得或溜得不恰当，我也不知道这事变是怎么样的发生，然而他总算是被落在身上的马车给压坏了。我们把他运送到一间农民的房舍里去。

在猛烈的苦楚给他引出的许多呻吟之间，他居然能够嘱托我给他办一桩一个临死的人的最后的愿望使其生出神圣性质的事情。弥留的时候，这个可怜的孩子就拿一种可以使他这年纪的人牺牲的诚实去关心他的情妇从报纸里忽然看到他的死亡消息的时候所要感到的苦痛。他请求我亲身到她那里去报信。然后他又叫我去寻找挂在他胸口的斜十字缎带上的一把钥匙。我发现这把钥匙都一半的插进了他的肌肉。我用最谨慎的动作从他的伤口里取出了钥匙的时候，这个临死的人都没有表露任何的怨叹。他给我指示一切必要的训令到罗瓦尔流域的沙里特地方他家里去取他的情妇所给他的情书，叫我给他送还她的时候，他就在一句话当中停口不说了；但是他的最后姿势使我懂得这把惨痛的钥匙就是我在他母亲身边去负的使命的保证。

他很苦痛不能够说出一句话来感谢我，因为他并不怀疑我会为他效劳，他就用一个恳求的眼睛瞧着我一会儿，给我说声永别，用睫毛的动作给我行礼致敬，眼着就斜过头与世长辞了。他的死是翻车所产生的唯一的惨痛变故。

“这里也有一点儿他自己的错过。”驭夫对我说。

我在沙里特完成了这可怜的旅客的口头遗嘱。他的母亲不在家；这在我方面倒觉得是一桩幸事。但是，我却得给一位听了我叙述少主的惨死而举动蹒跚的老女仆抑平她的苦楚；她看了这一把还染有血迹的钥匙不禁半死的坐到椅子上。但是，因为我关心一个更大的苦楚，被命运夺走最后爱情的一位女人的苦楚，我就让这老太婆去追踪她的假设，带走了有一天由我的朋友给谨慎加封的珍贵的情书。

伯爵夫人所住的古堡坐落在距离穆冷八法里的地方，我还得在田野里走上几里路才能够到达。这可使我相当的为难来完成我的任务。因为一种无需解释的情况，我只有必要的钱让我到达穆冷。然而，因为了年轻人的同情心，我决定步行走路，相当快的走去，希望能够赶在这样快速传播的噩耗的新闻报道之前。

我问了最短的道路，取了布尔朋尼的小径，肩上背着一个死人（我无妨这么说）。我一路上朝着孟柏尔桑古堡走去，越走越骇怕我所进行的奇异的朝山礼拜。我的幻想给我发明万千的浪漫想法。我想象到我逢遇孟柏尔桑伯爵夫人的时候所能有的一切景况，我们无妨依照小说的诗意管怕爵夫人叫做年轻旅客所爱慕的珠丽爱黛。我制造了许多聪明的回答去应付我假定人家一定会问到我的问题。这是在每一个树林的拐弯，每一条凹路里所想到的，这是苏息[1]和他的灯笼的幕景的重现，苏息就是朝着他的灯笼叙述他的战役。我心里实在惭愧，因为我最初只想到我的举止，我的态度，我要施展的能耐；但是当我到达这地方的时候，一道惨痛的思考就好像冲破乌云的雷电似的掠过我的灵魂。在一个正在关心年轻朋友，费了千辛万苦才合法的叫他到家里来而时时希望着一种无名的快乐的女人看来，这是多么可怕的一个消息啊！

并且，当上一个死人的传话人，这也还是一个残酷的善举。于是，我就加速我的步伐，在布尔朋尼的道路里践踏污泥。一会儿，我到达了一条旁边遍植栗子树的大路，孟柏尔桑古堡的房屋就在这大路的尽头露出天际，宛如轮廓鲜明的千变万化的乌云。

走到古堡大门的时候，我发现这道门是整个开着了的。这意外的景况破毁了我的计划和我的假设。然而我却大胆的进去；一会儿，两条狗就在我的两旁边拿出真正乡村猛狗的姿态狂吠着。听了这声音，一个肥胖的女仆就跑了出来。我告诉她我要跟伯爵夫人说几句话的时候，她就给我用手势指着围绕古堡四周的一个英吉利式花园的树丛，回答我说：

“夫人在那儿……”

---

① Sosie是文学作品里的人物，水神曾假扮他，希望能够容易完成耶必达天神所吩咐他的使命，莫利哀等人的作品里都有描写真假苏息的故事，后人就拿苏息去代表面容酷似他人的人物。

“谢谢!”我用讥笑的气度说。

她的“那儿”可以叫我在花园里兜上两个钟头。

一位打一条红色腰带，穿一件白色袍子，披一条褶叠围巾，梳有发环的美丽小姑娘就趁着这时候走来了；她听到了我们的问答。她一瞧见我，就跑了，嘴里发出精致的小声调，喊道：

“妈妈，这里有个先生，他要跟您说话。”

于是，我就穿过曲折的花径，跟在飘扬的白色围巾后面，这围巾仿佛磷火似的给我指示少女所走的路。

我得说个详细：我已经在大路的最后几棵幼树里推高了我的领圈，用我的袖饰刷过了我的破帽和我的裤子，用我的衣袖刷过了我的上衣，再用左右两边的衣袖互相的擦刷；然后我又小心的钮上我的扣子，露出上衣的裹布，这裹布总比其余的布料更为新鲜；我让我的裤子一直垂落在我的靴子上，我已经在草丛里非常艺术的擦过这双长靴。谢谢这卡斯岗的服装，我希望人家不至于把我看做县政府的巡逻。但是，现在回想到这年轻时期的情形，有的时候我还不禁对自己发笑呢。

忽然间，当我整理衣冠，从一条青绿的曲径里走了出来，置身于日光普照的千红万紫的花丛中间的时候，我看到了珠丽爱黛和她的丈夫。少女用手牵着她的母亲，我不难看出伯爵夫人听了女儿的模棱言词就如何的加速她的步伐。

她惊愕的看见了一个陌生人对她用怪异的态度行礼致敬，就停步，给我做了一个冷淡多礼的面色，努一努令人崇拜的嘴，这一努嘴给我揭示了她的一切失望。我寻觅几个这样用心预备好的隽秀的语句，然而却落了一个空。在这彼此犹疑的时刻里，她的丈夫居然能够上场了。无数的思想涌上了我的脑筋。我神气十足的谈了几句毫无意义的话，询问到底出场的人是不是孟柏尔桑伯爵和伯爵夫人。这幼稚的举动可以让我一瞧眼，运用我这年纪所少有的敏悟去判断和分析这对夫妇，他们的清闲生活不久就要让人家给剧烈的扰搅了。

丈夫似乎是现今外省最美丽的装饰品——绅士——的典型。他穿着一双大厚底鞋：我把这一双鞋第一句话提出来说，因为这比他的褪色的黑上衣，陈旧的裤子，松懈的领带，干涸的衫衣的领圈都更令我注目。这个人身上有点法官的成分，更有州府参议的性质，无从抵抗的乡村市长的一切重要性，一八一六年以来周期落选的候选议员的酸味；难于相信的村居野人的忠厚和愚笨的混合；没有任何的风度，只有富人的傲慢；对他的妻子万分的让步，然而却相信自己是主人，等着在琐事里挣扎，而不注意任何大事情；一副枯萎的脸孔，又皱，又瘦；几根又长又扁的灰头发，这就是这个人的容貌。

但是伯爵夫人！啊！她在丈夫身边显得怎么样的相反啊！她是一个长有一副扁平雅致的纤腰的娇小的女人，她有一个迷人的品貌，这样的细嫩，这样的玲珑，您甚至于都骇怕一碰着就要破碎她的骨头。她穿一件白洋纱袍，头上戴着一顶饰有红色缎带的帽子，她有一条红色的腰带，一条白布领这样甜蜜的包住她的肩膀，她的美丽的轮廓，看见了这肩膀和轮廓，心里就会生出占有它们的欲望。她的黑眼睛是活泼的，富有表情性，她的动作是温柔的，她的脚是迷人的。一个老富翁也不会说她过了三十岁，因为在她的额头里，在她头部最精脆的细节里都包含有青春的性质。至于她的性格呢？我觉得她同时赋有黎额尔伯爵夫人和柏……侯爵夫人的特点，这是读过鲁微[①]的小说的年轻人脑里所常想到的两个典型的女性。

---

① Louvet de Couvray（1760～1797）是法兰西革命时代的政治家兼小说家，著有许多奇怪的作品，曾经当过国约会议的议长。

我忽然看透了这家庭的一切秘密，就做下一个配得上一位老公使的外交家的决定。这也许是平生让我应用策略，让我懂得宫臣或社会人士的奸刁的唯一的一次。

自从无忧无虑的日子起，我就有过许多的挣扎去陶铸生活的一切行为，只想养成可以消灭仁慈感情的礼仪和客套。

“伯爵先生，我要跟您一个人说话，”我用神秘的气度，一边向后退了几步，一边对他说。

他跟着我来。珠丽爱黛让我们单独留下，拿出要知道丈夫的秘密就一定可以知道的女人的资格毫不在意的走了。

我对伯爵简略的报告我的旅伴的死亡。这消息给他产生的影响证明他对他的年轻同工有个相当热烈的感情，这发现于是就使我有胆量来在我们两个之间接着进行的对话里去回答他的问题。

“贱内一定要哀痛的，”他说，“我得想法子谨慎告诉她这不幸的事故。”

“先生，我先对您说这些话，”我对他说，“我就算是完成了一个责任了。我不愿意没有预先通知您而来了结一位陌生人嘱托我到伯爵夫人面前办理的任务；然而这是他嘱托我交上的一种可敬的遗嘱，我没有能力处理的一种秘密。根据他告诉我关于您的性格的高贵意见，我想过您绝不会反对我来完成他的最后愿望。伯爵夫人有自由来打破我所有的不得已的缄默。”

听到我的恭维，这位绅士就很恰当的摆动他的头。他用一个相当含糊的寒暄来回答我，终于让我自由行动，我们也就这样的回步了。

这时候，时辰钟打了晚饭的时刻；人家邀请我共进晚餐。珠丽爱黛发现我们又沉重又缄默，就偷偷的研究我们。她非常惊异的看见她的丈夫拿了一个无关紧要的借口让我们能够相对密语，就停住，给我射来一道只让女人来投射的眼色。她的目光里有一种接待不速之客的一个家庭主妇所能有的好奇，有我的装束，我的青春和我的身姿，这些这样奇怪的对照所引起的一切疑问！还有看不起一切男人（除了一个男人以外）的受人崇拜的情妇的轻蔑，不由自主的恐惧，骇怕，刚给爱情安排一切清闲幸福而遇到一个不速之客的烦躁。

我明白这无声的辩论，我用充满怜悯和恻隐的微笑来回答。然后，我就欣赏了一会儿她在这晴朗的天气里，站在狭窄的花径中所发出的美丽的光辉。看了这秀丽的图景，我忍不住叹了一口气。

“咳！夫人，我刚刚为您一个人做了一次困苦的旅行……”

“先生！”她对我说。

“噢！”我接着说，“我是拿叫您做珠丽爱黛的那个人的名义到这里来的。”

她脸色发青了。

“您今天看不见他了。”

“他病啦！”她低声说。

“是的，”我回答她说。“但是，千谢万谢，请您节制您自己……我奉他的命来给您交代与您有关的几个秘密，请您相信任何的信差也不会比我更谨慎，更忠实。”

“他怎么啦？”

“如果他不再爱您呢？”

“噢！这是不可能的！”她一边说，一边发出一个诚挚的微笑。

突然间，她战栗了起来，给我投来一道褐色的急躁的视线，红着脸，对我说：

“他还活着吗？”

老天爷！这句话多可怕啊！我年纪太轻，我不能够忍受这句话的声调，我没有回答，我呆呆傻傻的瞧着这位不幸的女人。

“先生，先生，回一句话罢！”她喊道。

“是的，他还活着，夫人。”

“真的吗？噢！请您说实话，我会明白的。您说！一切的苦痛都不会比我的狐疑更为刺人。”

我的回答就是陪着这些话而来的奇异的声调所给我挤出的两颗眼泪。

她靠在一棵树上，吐出一声弱微的喊叫。

“夫人，”我对她说，“您的丈夫来了。”

“我还有一个丈夫吗？”

说毕这句话，她就逃走失踪不见了。

“唉，晚饭都凉了，”伯爵喊道，“——您来，先生。”

于是，我就跟随我的主人，让他引我到饭厅里去，我在那里看到我们在巴黎桌上所常看到的奢侈的一顿饭。那里有五副食具：夫妇两人和小姑娘的食具；应当是他的然而却变成了我的食具；最后的一副是圣登尼的一位僧会会员的食具。僧会会员祷告之后，就问：

“我们的亲爱的伯爵夫人哪儿去了呢？”

“噢！她马上就来，”伯爵回答说，他给我们匆忙的分了菜汤之后，就给自己盛了一大盘，赶快把它送进肚子里去。

“噢，外甥，”僧会会员喊道，“要是您太太在这儿的话，您一定更有理性。”

“爸爸要生病啦。”小姑娘俏皮的说。

这奇怪的吃法之后一些时刻，正当伯爵忙着割下一块我也不知道是哪一种野味肉的时候，一位女仆进来说：

“先生，我们找不到夫人！”

听了这句话，我就立刻离席而去，只怕有什么不幸的事情发生。我的姿势这样明显的表露出我的恐惧，老僧会会员就跟着我到花园里来。丈夫端端正正的一直走到门限上。

“待下！待下！别不放心，”他对我们说。

但是他并没有陪着我们来。僧会会员，女仆和我，我们走遍了花园的小径和草地，一边喊，一边听，跟我宣告年轻人的噩耗时同样的忧愁。走路的时候，我叙述了这惨痛的事变的经过，我发现女仆非常同情她的女主人，因为她比僧会会员更清楚知道我的恐惧的原因。

我们走到各池沼，我们遍访一切的地方，而找不到伯爵夫人，也没有发现任何她的过路足迹。最后，顺着一道墙回来的时候，我听到一阵仿佛从一种仓库里发出的微弱闭塞的悲鸣。我随便走了进去。我们就在那里找到了珠丽爱黛。悲哀的本能触动了伯爵夫人，她就隐藏在草堆里。她拿草蒙上了头，因而能够减低她的可怕的啼哭的声音，因为她依从一种无从克服的贞洁的观念：这是儿童式的呜咽，然而却是深长而哀痛的。世界上已经没有任何为她而有的东西了。女仆拉出了她的女主人，伯爵夫人用垂死的动物所有的无忧无虑的柔软态度让人家摆弄。这位女孩子不知道说其他的话，她只说：“咱们走罢，夫人，咱们走罢……”

老僧会会员问：

“可是她怎么啦？您怎么啦，我的孩子？”

最后，我就在女仆的帮忙之下把珠丽爱黛送进她的卧室；我吩咐人家小心的照应她，告诉外边人伯爵夫人头痛生病。然后，僧会会员和我，我们就下楼到饭厅里来。

我们离开伯爵已经有相当的时间，一直等到我走在回廊列柱下面的时候，我才想到他；我实在奇怪他怎么会有这种漠不在意的态度。但是当我发现他跟哲学家似的坐在桌边的时候，我也就越加惊愕了。他几乎吃掉了一切的东西，都叫他的女儿发乐；女儿笑着看她的父亲这样当场的违反伯爵夫人的命令。

僧会会员和我之间所突然引起了一场小争论给我解释了这个丈夫这样离奇漠不关心的缘故。医生们曾经强制过伯爵实行一种严格的节食法去疗治他所患的一种严重的病（我没有听明白这病的名称）；因为有这种病而痊愈了的人所常有的相当猛烈的饕餮，他全身的感觉都有一种野兽一般的食欲。顷刻之间，我看到了自然界的一切真相，就在这惨痛的景象里扮演着一幕喜剧的两种不同的现象。

夜晚是悲惨的。我疲倦了。僧会会员拿一切的智慧去揣测他的外甥媳妇所以哭泣的原因。丈夫满意伯爵夫人叫女仆给他空泛解释她的苦恼，借口说是女人的天性的忧郁，随后，他也就静悄悄的消化着他的晚饭了。我们大家都很早就寝。

一个仆人领我到住宿的地方去的时候，我走过了伯爵夫人的卧室前面，我轻声问到她的消息。伯爵夫人认得是我的声音，就叫我进去，要跟我谈几句话；但是，她却说不出话来，就低下她的头，我也就退了出来。

尽管我刚才怎么样用年轻人的好意去分担这些残酷的感情，我却睡下了，因为勉强的步行使我满身疲劳。夜里一点钟，帐幕的铁环被铁棒给猛烈拨动所生的尖锐的声音惊醒了我。我看见伯爵夫人坐在我的床脚。我桌子上所放的一盏灯的光线整个的照着她的脸孔。

“这总是真的吗，先生?”她对我说，“我不知道受了刚才的严重打击之后，我怎么还能够活着；但是这时候我要竭力保持镇静。我要明白一切情形。”

“怎么这样的镇静啊!”我一边心里想，一边看着和她的棕色发髻相反的苍白可怕的面色，听着她嗓子里所发出的哑塞的声音，瞧着她那变化了的脸纹所表露的疯狂，而怔住了。

她已经跟脱落了秋天给染上的最后颜色的一片叶子似的枯萎

了。她的眼睛又红又肿，失去了任何的美丽，只反映着一种苦涩的深长的哀痛：您也许会说这是一块不久之前太阳就在那里闪烁的乌云。

我简单的重述一遍夺去她的朋友的快速的事变，不敢多加着重某些可以使她过分苦痛的情形。我告诉她我们第一天的旅行怎么样的充满着他们的爱情的回忆。

她并不流泪，她贪婪的听着，脑袋朝着我这边斜来，好像一个诊察病人的热忱的医生似的。我觉得她已经整个的打开心献给苦痛，愿意拿失望的开头的狂热把自己沉埋在不幸里，就趁着这机会对她说到可怜的垂死的人心里所激荡的恐惧，我告诉她他为什么，他怎么样的嘱托我来负责给她传达这惨痛的噩耗。这时候，她的眼睛已经被灵魂深处发出的悲哀的烈火给烧干了。她还能够脸色发青。我给她递去我藏在枕头下面的情书，她就机械的收下，然后她就剧烈的发起抖来，低声对我说：

"我已经把他的信都烧了，我，我没有他的任何东西！我没有他的任何东西！什么也没有！什么也没有！"

她一边说，一边猛力打击她的额头。

"夫人……"我对她说。

她痉挛的瞧着我。

"我从他的头上，"我继续说，"剪下了他一绺头发，这就是。"

于是，我就给她献上她所爱的人的这块最后的不可腐烂的血肉。

啊！如果您跟我一样接到这时候落在我手上的热泪，您就可以懂得当她刚刚受到一个恩泽的时候她是怎么样的感激！她拉了我的手，而用一个哑塞的声音，一个散发热焰的眼色，从苦楚里发出脆弱的幸福光芒的眼色，对我说：

"啊！您也恋爱！但望您永远幸福！别丢掉您的亲爱的爱人！"

她没有说完，就带着她的宝贝逃走了。

第二天，我觉得这渗杂在我梦境里的夜间景象简直是个虚幻。得等到我在床头毫无结果的寻觅这些情书的时候，才可以使我相信这悲痛的事实。

我也用不着叙述第二天的事情。我还跟我的可怜的旅伴给我这样吹嘘过的珠丽爱黛留在一起几个钟头。这位女人的任何言词，任何姿势，任何行为都给我证明她有一个高贵的灵魂，精致的情绪，使她变成一个人世的珍贵的爱情种子和稀有的忠诚胚胎。

黄昏时分，孟柏尔桑伯爵亲身送我一直到穆冷来，到达的时候，他用窘迫的神色对我说：

“先生，如果这不算是胡闹利用您的殷勤，这不算是不识相来跟一位我们已经非常感激的陌生人办交代的话，因为你要到巴黎去，您可以好意给我把一笔款转交给巴黎桑提埃街一个先生吗？（我忘记了他的姓名。）我短他这笔钱，他叫我立刻给他送去。”

“可以。”我说。

我不知就里的拿了一卷二十五个金路易，利用它回到巴黎，再忠实的送还给所谓的孟柏尔桑先生的收款人。

一直等到在巴黎带了这笔钱送到指定的房子里去的时候，我才明白了珠丽爱黛是用怎么样巧妙的方法来帮助我。这种让我借到黄金的办法，这样给我谨慎保守容易猜想得到的穷困的方法，这难道不就是表现一个爱恋的女人的一切才能吗？

能够给一个紧抱着您，对您说：“噢，亲爱的，你别死，你！”的恐惧的女人叙述这篇冒险的故事，这是多么甜蜜的事情啊！

一八三二年一月于巴黎

石榴居

献　　给

D. W.